소소하지만
매일
합니다

※ 이 책의 표지는 FSC^{TM} 인증을 받은 아코프린트 200g,
본문은 고지율 60%의 중질지 70g을 사용했습니다.

소소하지만 매일 합니다

일상을 유쾌하고
무해하게 만드는
살림 순간

_____

허유정 지음

같이 나누고 싶은 '살림 순간'

2021년 여름쯤 두 번째 책을 쓰자고 마음먹었을 때 고민이 많았다. '살림법을 정리한 실용서를 써볼까? 아니면 좀더 이야기를 담은 에세이를 써볼까?' 짧은 글, 더 짧은 영상에 익숙한 요즘에는 차라리 핵심만 정리한 살림 실용서가 나을 것 같았다. 사람들이 내 이야기보다 바로바로 적용할 수 있는 간단한 팁을 더 원할 거라 생각했으니까. 그런데 잠시 고민해보니 그건 아닌 것 같았다. 짧은 문장으로 마침표를 찍기에는 살림을 챙길 때 느낄 수 있는 다정한 온기를 다 표현할 수 없었다. 겨울 아침 뜨거운 홍차에 띄운 얼린 레몬 맛, 사악사악 빗자루 소리로 출발하는 하루, 제철 채소에서 느껴지는 단단한 힘, 멸치육수 냄새가 잔잔히 풍기는 주방의 포근함 같은 것들은 한 줄 팁으로 툭 잘라 전하기에 아쉬운 순간들이다.

이 책에는 내 일상을 조금 더 유쾌하고 무해하게 만들어 준 '살림 순간'을 모았다. 모든 시간에는 약간의 수고로움이 한 숟가락씩 더해져 있다. 툭 넣으면 끝인 티백보다 보리차를 끓일 때 시간이 더 필요하고, 쓰고 버리면 그만인 비닐보다 신문지를 접을 때 몸을 더 움직여야 하니까. 더 쉽고 더 빠른 길을 안내해줘도 부족한 세상에 수고로움을 추천하다니, 이렇게 쓰고 보니 다시 겁이 나기도 한다. 이런 걸 좋아해줄까?

그럼에도 쓰고 싶었다. 그리고 확신도 있었다. 조금 수고스러워도 내 몸과 자연에 무해한 방법을 선택하면 삶은 더 나은 방향으로 나아간다는 걸 알고 있기 때문이다. 약간 불편하긴 해도, 처음은 어렵지만 하다 보면 금방 습관이 된다. 모두 내가 직접 겪어본 경험이기에 쓰면 쓸수록 손끝에 자신감이 붙었다.

학창 시절 친구들에게 시험 문제 풀이는 제대로 해본 적 없지만, 내가 얼마나 맛있는 떡볶이집을 찾았는지, 어제 친구랑 본 영화가 얼마나 재밌었는지 설명하는 걸 누구보다 즐겼다. 이 책을 쓸 때 기분이 딱 그랬다. 교실 한구석에 좋아하는 친구들을 모아 경험을 조잘조잘 풀어놓는 기분. 친구들 모두가 내가 느낀 좋은 순간들을 같이 경험해보길 바라며 이야기를 시작하는 그때 느낌 말이다. '이 물건 버리지 말고 이렇게 쓰면 진짜 좋은데, 다들 해봤으면!' '두부조림 만들기 진짜 쉬운데 꼭 먹어봤으면!' 책 안에 쓰인 모든 문장에 나의 바람을 꾹꾹 눌러 담았다. 인위적이지 않은 자연스러운 살림에서 오는 건강함, 최대한 자연에 남기는 것 없이 노력하며 보낸 하루의 성취감을 같이 느껴보길 바라며 이 책을 썼다. 부족한 어휘력이지만 내가 사랑하는 살림 순간에 매혹당해 움직여보길 바라며, 더 좋은 단어를 고르고 골랐다.

바라는 건 크게 없다. 누군가가 내가 모은 이 순간들을 보고 조금 더 자신의 일상에 다정해지면 좋겠다. 자극적인 것보다 속이 편안한 것들로 배를 채우고, 한순간 기쁜 물건보다 쓰면 쓸수록 마음이 편안해지는 것들로 주변을 채워보길. 나에게도 여전히 어려운 일이지만 그래도 애써본다. 작은 노력이 모이고 모여 꽤 근사한 변화가 찾아올 테니까. 친구들에게 내가 좋아하는 떡볶이집을 소개할 때의 설레는 마음으로 글을 시작한다. 수업이 끝나고 나와 함께 떡볶이를 먹으러 가자고 했던 친구들처럼 이 책을 읽고 사부작사부작 무언가 실천해보고 싶어지길. 당신의 일상에 유쾌하고 건강한 변화가 찾아오면 참 좋겠다.

contents

chapter 1

나의 뿌리, 엄마의 살림

chapter 2

나의 무해한 살림법

아침 살림

낮 살림

저녁 살림

chapter 3

잘 먹고 잘 사는 일

chapter

1

나의 뿌리, 엄마의 살림

다시,
엄마

　결혼 후, 요리 못하는 딸이 걱정인 엄마는 종종 대구에서 택배를 보내준다. 동네 분리수거장에서 큰 스티로폼 박스를 주워 집에 있는 먹을 건 죄다 넣어 보내는 엄마 택배. 당일 택배로 도착한 상자를 열면 가장 먼저 나란히 누운 페트병들이 보인다. 쌀, 잡곡 등을 품은 생수통들. 혹시나 딸이 뭐가 뭔지 몰라서 못 먹을까 견출지에 '간장' '액젓'이라고 꾹꾹 눌러쓴 엄마 글씨가 눈에 띈다.

　"이 생수통이 아주 만능이네, 만능이야."

　생수통은 엄마와 나 사이에서 메신저 역할까지 한다. 생수를 사 먹는 시절이 도래한 뒤로 우리 집 플라스틱 생수통은 만능이었다. 어느 날은 쌀과 잡곡을 품었다가, 어느 날은 간장병이 되었다가, 여름이면 물을 얼려 아이스 팩 대신 쓰기도 했었다. 젤 형태의 미세플라스틱 아이스 팩이 없던 시절엔 일하러 가는 아버지에게 이 생수통이 아이스 팩 역할을 톡톡히 했다. 어릴 적 우리 집 베란다에는 항상 깨끗하게 씻긴 페트병이 나란히 서서 볕을 쬐고 있었다. 마치 역할을 부여받길 기다리는 병정처럼.

결혼 후 내 살림이 생기고 쓰레기 줄이기에 관심을 가지니 다시 엄마를 생각해볼 일이 많아졌다. 먹고살기 바빠 이십 대에는 잠시 엄마를 잊고 지냈는데 내가 책임져야 할 살림이 생기니 엄마의 살림 순간들이 보였다. 엄마들은 이미 30~40년 차 살림 고수다. 생각해보면 엄마들만큼 자원 아끼기에 진심인 사람이 없다. 박막례 할머니의 '구녕바구니 컬렉션' 영상을 보라. 다 벗겨진 20년 된 채반을 아직도 쓰고 있다. 새것은 새것대로 좋고 오래된 것은 "아주 막 쓸 수 있어 좋다."며 그 와중에 각각의 장점을 찾아 아껴준다. 엄마들은 제로웨이스트란 말을 몰라서 그렇지 이미 오래전부터 이 분야의 고수였다. 지금은 고민이 생길 때마다 상상한다. '엄마는 이럴 때 어떻게 할까?' 어릴 때만큼 엄마를 찾는 일이 많아진 요즘이다. 길을 걷다 전단지를 받은 남편이 말했다.

"우리 엄마는 전단지를 상자로 만들어서 생선 가시나 과일 씨 같은 거 뱉으라고 했어. 생각해보니 전단지들 그냥 버리기 아깝잖아. 진짜 좋은 방법이다. 그치?"

그러고 보니 시어머니의 부엌 한편에는 항상 곱게 접어놓은 작은 상자들이 쌓여 있었다. 어쩌다 생긴 전단지를 모아 종이접기해 상자로 만든 것이다. 달걀 껍데기 같은 물기 있는 쓰레기는 그냥 버리기가 찝찝해 시어머니는 오래전부터 종이 상자에 모아 말린 뒤 버렸다고 한다. 이렇게 야무진 엄마들은 종이 한 장도 그냥 버리는 법이 없다. 제 역할을 하고 또 하고 또 해내야 손에서 놓아주던 아주 독한 살림꾼들이다.

시어머니의 종이 상자에서 아이디어를 얻은 나는 큰 신문지를 똑같은 방법으로 접어 상자로 쓴다. 막 쓸 만한 큰 상자가 필요했는데 신문지로 접으니 딱 좋았다. 종이 팩을 씻어 신문지 상자에 모았다가 버리기도 하고 커피 원두를 말려 버리기도 한다. 수분에 민감한 감자와 고구마를 잠깐 보관하는 용도로도 훌륭하다. 왜 이 생각을 못했지! 베스트셀러 책에서도, 유명한 친환경 유튜버에게도 얻을 수 없던 팁을 숨어 있던 살림 고수, 시어머니에게 얻었다.

신문지 상자를 접는 건 기분 좋은 살림거리 중 하나다. 신문지의 바스락바스락 소리도 좋고, 손톱으로 꾹꾹 눌러 접을 때 촉감도 좋다. 어릴 때 김영만 아저씨 책을 보며 색종이 접기를 했었는데, 신문지 상자를 접다 보면 그 시절이 손끝에서부터 떠오른다. 엄마들에게는 그저 힘든 시절을 살아내려 시작했던 습관이었을 텐데 이제 보니 모두 친환경 팁이었다. 그들은 자연스럽게 쓰레기봉투를 발로 꾹꾹 눌러 꽉 채워 버리고, 방을 돌며 쓰지 않는 코드를 뽑았다. 무해한 살림 팁들이 이미 엄마에게 넘쳐나는데, 나는 그동안 어디에서 살림법을 찾아 헤맸던 걸까. 해시태그 '#zerowaste' 검색으로도 찾을 수 없던 팁을 엄마에게 얻는다. 엄마 택배가 도착한 날, 견출지 붙은 생수통 사진을 인스타그램에 올리니 순식간에 많은 댓글이 달렸다.

"우리 엄마도 꼭 견출지를 붙여주더라고요."

"우리 엄마랑 글씨체마저도 비슷하네요."

"저는 견출지를 떼서 따로 모으고 있어요. 나중에 그리울까 봐."

어디 친정 스쿨이라도 있는 걸까? 엄마들의 살림 풍경이 다들 이렇게 비슷하니 말이다. 작은 물건 하나라도 허투루 다루지 않는 태도. 자식에게 하나라도 더 주고 싶은 엄마의 마음. 견출지 붙은 페트병은 자식들을 겸손하게 만드는 힘이 있다. 엄마 집 베란다에는 오늘도 페트병이 나란히 서 있겠지. 이번에는 뭐가 또 담겨 오려나.

엄마의 비움 비법
'노나 묵기'

　　엄마는 종종 말도 없이 우리 집으로 음식을 보내는데 곤란할 때가 많다. 보내주는 양만 보면 나에게 대학생쯤 되는 자식이 둘이나 있는 것 같다. 우리는 아직 두 식구뿐인데 말이다. 김치는 종류 상관없이 무조건 큰 김치통에 보내고, 옥수수와 감자도 그냥 상자 단위로 보낸다. 이번 여름에는 옥수수가 50개나 도착해 거의 반강제로 온종일 옥수수 껍질을 손질하고 불 앞에서 쪄냈다. 어김없이 거대한 상자가 도착하면 막막해서 울고 싶지만 막상 해놓으면 또 맛있긴 하다.

　　엄마에게 "너무 많이 보내지 마. 지난번에도 결국 많이 버렸어."라고 말하면 항상 이런 답이 돌아온다. "아이고, 야야. 노나 먹으면 되는 걸 버리긴 와 버리나!" 주변 사람들과 나눠 먹으면 되는데 왜 음식을 상하게 두냐는 것이다. 나만 그런 것인지 모르겠지만, 주변에 나눠 먹을 사람이 별로 없다. 집 근처에 사는 사람은 시누이와 친구 한 명뿐이고, 이웃들과 왕래가 있는 것도 아니다. 가끔 옆집에 가져다줄까 생각해보지만 막상 가려니 고민된다. '혹시 싫은데 억지로 받는 건 아닐까?' '남는 걸 준다 생각하고 기분 나쁘지는 않을까?' 머릿속에 몇 가지 생각이 떠올라 고민하다 보면 결론은 항상 가지 않는 쪽이다.

엄마는 '노나 먹는' 게 일상인 사람이다. 그래서 딸도 당연히 누군가와 나눠 먹을 거라 생각하고 음식량을 맞춰 보내주는 것 같다. 엄마는 주로 아침마다 가는 운동센터에서 친구들과 음식을 나누는데 나눔 종류에 한계가 없다. 김밥, 과일, 고구마, 떡은 물론 가끔은 화장품, 속바지, 속옷 같은 것까지 나눈다. 대학생 때 갑자기 살이 쪄서 엄마 따라 센터에 다닌 적이 있는데 그때 별별 물건들이 넘나드는 신기한 풍경을 자주 봤다.

10여 년 전에는 운동을 끝낸 엄마들이 헬스장 건물

밖 구석에 모여 음식을 나눠 먹는 일이 참 많았다. 트랙을 돌고 러닝머신 위를 걷던 엄마들이 오전 8시가 되면 마치 자석에 이끌리듯 헬스장에서 나와 모임 장소에 모인다. 그때 근처를 지나가는 회원이 보이면 마치 규정이라도 있듯 모두 똑같이 말하며 손을 흔든다.

"아가씨! 총각! 이것 좀 먹고 가요!"

그렇게 모이다 보면 어느새 열 명이 되어 작은 잔치가 꾸려진다. 규모도 놀라웠지만 엄마들이 주섬주섬 꺼내는 음식들이 더 신기했다. 엄마가 새벽 6시에 김밥천국에서 산 김밥 열 줄을 펼치면, 다른 한쪽에서는 종이컵과 나무젓가락을 착착 세팅한다. 일사불란한 모습에 넋놓고 보고 있으면 한 이모는 냄비를 꺼내 종이컵에 국물을 담아 나눠주신다. '아니, 새벽부터 국물을 끓이신 거예요?' '이 큰 냄비는 어떻게 가져오셨어요?' 질문하고 싶은 건 많지만, 다들 너무 익숙한 일상이라는 듯 행동하면 묻기도 민망해진다. 뜨끈한 국물을 마시며 놀라 멈춰 있으니, 옆에 있던 다른 이모가 칼과 참외를 꺼내기 시작. 뭐 이런 걸로 놀라느냐는 듯 자연스럽게 참외를 깎아 내 입에 넣어주셨다. 그때 알았다. 매일 새벽부터 운동

가는 엄마가 왜 20년째 같은 몸매를 유지하는지. 칼로리를 소비하자마자 바로 빈자리를 채우는 유지어터 같은 다이어트를 반복하는데 어떻게 살이 빠질까. 엄마는 매일 아침마다 본식부터 후식까지 나오는 코스 요리를 즐기고 있었다.

이십 대 초반에는 이런 풍경이 부끄럽기도 했다. 그런데 나이를 먹고 돌아보니 이제 엄마와 엄마 친구들이 그렇게 부러울 수 없다. 그들에게는 매일 아침 함께 운동하고 맛있는 걸 나눠 먹을 친구가 있어 서로 다정하게 안부를 물으며 하루를 시작할 수 있다. 아침마다 보던 사람이 나오지 않으면 전화를 해보기도 하고, 누군가 몸이 안 좋다 말하면 다 같이 약이나 차를 챙겨주기도 한다. 한 명만 일방적으로 희생하는 관계가 아니라는 것도 참 좋다. 한 사람이 김밥을 가져오면 다른 한 사람은 과일을 챙기고, 오늘 얻어먹은 사람이 자연스럽게 내일 아침을 준비하는 관계. 내가 엄마 나이쯤 됐을 때 함께 이런 아침을 보낼 친구들이 얼마나 있을까?

엄마 친구들을 떠올리면 가끔 이런 생각이 든다. 내가 여자여서 '아줌마'가 될 운명이라 너무 다행이라고. 그때 내가 본 아줌마들은 남편이 속을 썩여도, 하나뿐인 자식이 내 마음 같지 않아도, 일단 일어나 나와 친구들을 위해 국물을 우리는 단단함이 있었다. 아줌마는 마냥 주저앉아 우는 법이 없다. 누군가를 마냥 울게 놓아두지도 않는다. 힘든 건 힘든 거고 아픈 건 아픈 거고, 일단 서로의 빈속부터 든든히 채워 다시 출발할 뱃심을 만들어준다. 엄마들 틈에 앉아 밥을 먹다 보면 가끔 심각한 이야기들이 툭툭 튀어나와 놀랄 때도 있었다. 아픈 부모님 이야기, 돈 이야기, 속상한 이야기를 하는 동안에도 젓가락은 쉬지 않고 움직이며 일단 잘 먹고 잘 먹인다. 듣는 사람이 공감하고 위로해주면서도 너무 심각하게 받아들이지 않으니 말하는 사람이 오히려 편안해 보였다. 그럴 때 있지 않나. 상대가 너무 과한 반응을 보이면 '이게 그렇게 큰일이었나?' 싶어 오히려 더 겁이 날 때.

"아이고 그럴 수도 있지 뭐. 다 지나간다. 일단 묵으라."

엄마 친구들은 항상 이 정도 공감과 위로를 보여줬다. 단순히 음식만 나눠 먹는 시간은 아니었다. 정성스럽게 준비한 음식 속에는 위로가 담겨 있었다. 무거움을 가볍게 다루는 법을 알고 있던 이모들. 어떤 세월을 보냈기에 이런 힘과 지혜가 생겼을지 생각하면 짠해지기도 한다. 엄마는 '노나 먹을' 좋은 친구들이 많으니 명절 같은 날을 제외하고 음식을 버리는 일은 잘 없다. 요즘 제로웨이스트 가게들의 소분 문화를 엄마들은 이미 몇십 년 전부터 해왔던 것이다. 옥수수가 많으면 친구 집 앞에 좀 놓아두고, 국을 많이 끓이면 옆집에 한 냄비 나눠주며 평생을 살아왔다. 쓰레기를 줄인다고 샴푸 바를 쓰고 텀블러를 들고 다니는 나지만, 평소 버리는 음식을 생각하면 나는 엄마보다 더 큰 쓰레기를 만들며 살고 있다.

나를 위해, 그리고 쓰레기를 줄이기 위해서라도 앞으로 나눠 먹을 친구들이 더 많이 생기면 좋겠다. 새벽부터 친구들을 위해 국물을 우릴 부지런함이 있다면 우울함이 찾아왔다가도 달아날 것 같다. '아니, 이 여자 우울한 거 맞아? 아침부터 너무 든든하게 먹는데?' 우울이란 녀석이 오려다가도 혼란스러워 떠나버리길. 역시 난 아줌마가 될 운명이라 다행이다. 이미 아줌마가 된 건가?

시어머니의
바느질

"어머니 바느질 좀 해주실 수 있어요?"

결혼하기 전에는 전혀 생각하지 못했다. 내가 이런 말을 할 줄은. 시어른은 마냥 어려울 것 같고 가까워질 수 없다 생각했는데, 이제는 종종 안부도 묻고 곧잘 부탁도 하고 산다. 가끔 시어머니에게 필요한 걸 자연스럽게 말하는 내가 신기할 때도 있다. 이렇게 편하게 말해도 되나 싶기도 하고. 시어머니는 간단한 손바느질부터 자수, 재봉도 잘하는 손재주가 좋은 분이어서 바느질거리만 생기면 친정엄마가 아닌 시어머니부터 떠오른다. 바느질이 필요할 때면 잠깐 고민하긴 하지만 바로 시어머니에게 전화를 건다.

"어디 맡기면 다 돈이야. 해줄게. 가져와."

내 부탁에 어머니는 항상 너무 매정하지도 아주 친절하지도 않은, 적당히 건조한 오케이 사인을 주는데 이 대답이 참 좋다. 단호한 거절도 섭섭하겠지만 "아이고, 우리 며느리 얼른 가져오너라!" 같은 과한 표현도 불편했을 것 같다. 차갑지도 뜨겁지도 않은 "해줄게. 가져와." 이 미지근한 여섯 글자가 딱 좋다. 적당한 온도로 자연스럽게 받아주시니 편하게 말할 수 있는 것 같다. 어머니의 오케이 사인이 떨어지면 그동안 모았던 바느질거리를 챙겨 부랴부랴 시가에 간다.

얼마 전에는 안 쓰는 핸드 타월을 여행용 파우치로 만들어보고 싶어졌다. 친구가 회사 사은품이라며 타월 소재로 된 여행 파우치를 선물해줬는데, 받을 때는 쓸 일이 있을까 싶었지만 써보니 생각보다 요긴했다. 여행 가면 젖은 칫솔, 물기 묻은 화장품을 휴대할 일이 많은데, 타월 파우치라 물기를 쏙쏙 머금어주니 가방이 젖을 일이 없었다. 보통은 호텔에 있는 새 비닐을 꺼내 세면도구를 넣어 다녔지만 타월 파우치가 생긴 후로는 비닐 쓸 일이 줄어 좋았다. 수납하기 좋게 바느질로 칸칸이 나누어진 타월 파우치. 여기에 칫솔, 면도기, 작은 비누를 칸마다 넣어 말아서 끈으로 묶어주면 짱짱하게 고정된다.

하나만 더 있으면 좋겠다 싶었는데 마침 화장품 브랜드에서 받은 핸드 타월이 눈에 들어왔다. 행주로 쓰기에는 두껍고 욕실에서 쓰기에는 애매한 사이즈라 그냥 묵혀뒀던 흰 수건. '위아래 접어 바느질만 하면 딱 여행 파우치인데!'라고 생각했지만 문제는 나는 반짇고리조차 없는 인간이란 거다. 그날도 2초 정도 망설이긴 했지만, 타월을 보자마자 시어머니에게 메시지를 보냈다. 그리고 어김없이 돌아온 답은 "해줄게. 가져와." 내가 좋아하는 온도가 담긴 여섯 글자였다.

"쉽네. 초크로 선 좀 그려보자."

만들고 싶은 파우치를 보여드리니, 보자마자 초크로 재봉선을 그리셨다. 칫솔 길이에 맞춰 재봉선을 표시하고, 흰 수건에 어울리는 실 색깔도 골라주셨다. 창고에 있던 재봉틀을 꺼내 자투리 천에 몇 번 연습하고 바로 수건을 놓고 재봉 시작. 드르륵드르륵. 어머니가 재봉을 하면 남편과 나는 옆에 앉아 보조를 맞춘다. 어머니가 요청한 것을 가져다드리기도 하고, 재봉틀을 만져본 적도 없으면서 장난으로 훈수를 두기도 한다. 파우치를 보자마자 쉽다고 하시더니 진짜 몇 번 왔다 갔다 하니까 칸막이 파우치가 뚝딱 완성됐다.

"있어봐. 모아둔 안 쓰는 운동화 끈 많아!"

파우치 묶는 끈을 뭐로 달까 고민하시다가 좋은 생각이 났다며 창고에서 지금까지 모아놓은 운동화 끈을 가져오셨다. 버릴 법한 물건인데 상자에 운동화 끈을 가지런히 정리해 모으고 계셨던 거다.

"다들 안 쓰는 운동화 끈 많을걸. 이거 찍어서 사람들한테 재활용하는 거 보여줘."

어쩌다 SNS 하는 며느리를 맞이해 이제는 콘텐츠까지 같이 짜주시는 시어머니. 오랜만에 놀러 오면서 일거리까지 들고 온 며느리가 미우려면 미울 수도 있는데, 다행스럽게도 항상 즐겁게 생각해주시고 더 적극적으로 고민해주신다. 가끔 시부모님 댁에 있을 때 "유정아, 이거 필요하면 찍을래?" 하고 부르실 때가 있는데, 새로 알게 된 살림 아이디어나 빨래 접는 법 같은 걸 알려주신다. 어디선가 배운 걸 수줍게 설명하시는 모습이 귀엽기도 하고 무엇보다 감사하다. 시부모님은 우리 부모님과는 다르게 핸드폰을 익숙하게 사용하시는 편인데, 내 콘텐츠나 일에 대해 따로 이야기하신 적은 한 번도 없다. 좋은 소식이 올라와도 잘하고 있는데 부담될까, 안 좋은 소식이 올라와도 혹시나 더 신경 쓸까 싶어 내색하지 않으신다. 내가 보자기 콘텐츠를 올리면 수놓은 예쁜 보자기를 만들어 놓아두시고, 요즘 뭐가 먹고 싶다고 적어 올리면 다음에 놀러 갔을 때 그 음식을 만들어주실 뿐. "해줄게. 가져와." 어머니의 미지근한 여섯 글자에는 조용하지만 따뜻한 응원이 담겨 있다는 걸 시간이 갈수록 더 짙게 느낀다.

이렇게 글로 적으니 시부모님에게 전화도 자주 하는 가까운 고부 사이 같아 보이지만 사실 그렇지는 않다. 당연히 나도 친정이 더 편하고 친정엄마를 더 의지하는 평범한 딸이자 며느리다. 시어머니도 나보다 시누이인 딸에게 말하기 더 쉬울 거다. 30년 넘게 따로 산 사람들이 한순간에 가족이 되는 건 쉽지 않다. 오히려 너무 빠르고 쉽게 가까워지면 뭔가 어색하고 불안할 것만 같기도 하다. 그래서 어머니의 온도와 거리가 좋다. 너무 가깝지도 그렇다고 너무 멀지도 않은 딱 좋은 미지근함. 어머니와 함께 만든 파우치를 보며 오늘도 생각한다. 우리는 알맞은 온도와 적당한 거리를 유지하며 가족이 되어가고 있다고.

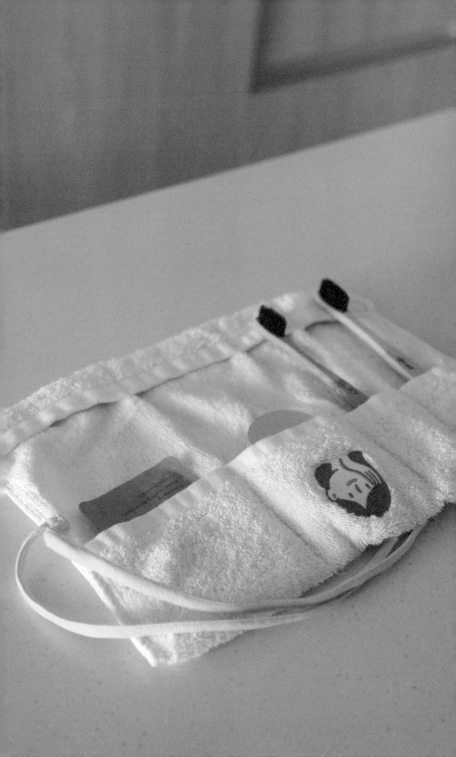

chapter

2

나의 무해한 살림법

아침 살림

마당은 없지만,
빗자루는 있어

"사악사악. 퉁퉁."

아침마다 듣는 사악사악 빗자루 소리. 이렇게 말하면 마당 딸린 집이라도 있는 것 같겠지만, 우리 집은 평범한 작은 아파트다. 매일 아침 작은 현관을 작은 싸리 빗자루로 쓸며 하루를 시작한다. 신발은 하나만 남기고 모두 신발장에 넣는다. 현관 타일 위에 널브러진 먼지와 머리카락은 빗자루로 싹싹 쓸어 모아 양철 쓰레받기에 담는다. "퉁퉁. 퉁퉁." 양철로 만든 가벼운 쓰레받기는 딱 3,000원 같은 소리를 낸다. 그리 단단하지도 그리 약하지도 않게 느껴지는 딱 적당히 빈 양철 소리. 쓰레받기에 모인 쓰레기를 비워내고 현관이 말끔해지면, 빗자루와 쓰레받기는 툭툭 두 번 털어 제자리에 걸어둔다. 작은 빗자루 세트를 걸어두니 현관 풍경이 꽤 귀여워졌다. 아가들 소꿉놀이 세트 같기도 하다. 아침 현관 청소는 부끄럽지만 '풍수지리' 때문에 시작했다. 평소 친구들이 사주를 보러 가자고 하면 그동안 이렇게 말했었다.

"나쁜 말 들으면 신경 쓰이고, 좋은 말 들으면 자만하는 게 사주야. 나는 안 봐."

세상 이성적인 사람처럼 내 팔자는 내가 만든다는 듯 항상 쿨한 척 말했지만, 유튜브 썸네일에서 '사주' '풍수지리'라는 단어만 보면 꼭 클릭하는 모순적인 인간, 그게 바로 나다. 신혼집에 들어온 지 얼마 안 되었을 때도 알고리즘 파도를 타고 '풍수 인테리어' 영상을 클릭했다. 인테리어에 풍수를 접목해 돈과 복이 들어오는 인테리어 방법을 담은 내용이었는데 꽤 인상적인 부분은 현관이었다. 풍수 전문가들이 말하길 현관은 집의 첫인상이기 때문에 항상 깨끗하게 비어 있어야 돈과 복이 굴러들어온다는 논리였다.

"뭐야, 그럼 우리 엄마는 옛날 옛적에 로또 당첨돼야 했거든?"

영상을 보자마자 생각난 사람은 엄마였다. 엄마는 매일 현관을 물걸레로 닦는 사람인데, 풍수 전문가 말대로라면 우리 집은 20년 전에 로또에 당첨됐어야 했다. 이건 분명 자식들 현관 청소하게 만들려는 부모들이 지어낸 루머일 거야. 논리는 없지만 재밌다고 생각하며 중간쯤 영상을 꺼버렸다.

다음 날 정신을 차려보니 나는 영상이 알려준 대로 현관 바닥을 휴지로 닦고 있었다. 널려 있는 신발을 정리해 신발장에 넣고, 휴지로 싹싹 먼지를 모아 닦아냈다. 알고 나니 자꾸 신경 쓰였다. 현관 앞에 쌓인 택배 박스에 복주머니가 튕겨 나가는 것 같고, 돈주머니를 든 재물의 신이 혀를 차며 발길을 돌리는 것 같은 느낌이 든달까. 그때부터 현관 청소는 아침 루틴이 됐고, 생각해본 적도 없던 빗자루 세트까지 샀다. 작은 먼지는 휴지로 집기가 참 힘든데 물티슈는 쓰기 싫고, 실내에서 사용하는 청소기를 쓰긴 찝찝했던 것. 옛날부터 마당을 왜 빗자루로 쓸었는지 백번 공감하며, 작은 싸리 빗자루 세트를 주문했다.

계기는 우습지만 어스름한 아침에 실천하는 현관 청소는 생각보다 근사한 행위다. 일어나자마자 잠이 덜

깬 몽롱한 상태로 신발을 정리하고 빗자루로 먼지를 쓸어낸다. '삭삭' 편안한 빗자루 소리에 슬슬 잠이 깬다. 타일 중간에 먼지가 소복하게 쌓이면 쓰레받기에 담는데, 이때 '통통' '퉁퉁' 하는 가볍고 경쾌한 양철 쓰레받기 소리도 참 좋다. 청소하느라 굽혔던 허리를 펴고 거슬리는 것 하나 없이 깔끔해진 현관을 바라보면 이런 생각이 든다.

'나란 녀석. 오늘도 부지런히 시작하는군!'

하루를 제대로 시작하지도 않았는데도 벌써 작은 성취를 이룬 것 같아 스스로가 기특하다. 외출할 때 깔끔한 현관을 나서는 순간의 느낌도 좋다. 신발과 박스에 걸려 넘어질 듯 정신없이 문을 열고 나갈 때는 느낄 수 없었던 자신감이 생겼달까? 또렷한 발걸음으로 집을 나서 꼿꼿하게 몸을 세우고 여유롭게 걸으며 하루를 시작한다. 이런 면에서 현관이 깨끗해야 복을 불러온다는 풍수 속설은 맞는 말일지도 모른다. 작지만 뭔가 해냈다는 성취감으로 시작하는 하루는 분명 다르고, 마음의 여유를 가지고 건네는 아침 인사는 좀 더 경쾌할 테니까.

"삭삭. 퉁퉁."

오늘도 여전히 로또 소식은 없지만 빗자루로 현관

을 청소한다. 복아 담겨라, 담겨라 하는 마음으로 쓰레기
를 복인 양 쓸어 담아본다. 이 작은 현관을 넓은 마당처
럼 귀하게 가꾸다 보면 언젠가는 멋진 마당이 있는 집도
살아보겠지, 뭐. 마당은 없지만 우리 집 현관에는 9,000원
짜리 싸리 빗자루 세트가 걸려 있다.

오메가3 대신
들깨

"우리 오메가3 먹자."

남편 재택근무 날, 아침마다 내가 하는 말이다. 이 말만 들으면 영양제를 쭉 진열해놓고 야무지게 챙겨 먹는 사람 같겠지만, 내가 향하는 곳은 냉장고. 들깨가 담긴 유리병을 꺼내 남편에게 간다. 남편 두 숟갈, 나 두 숟갈. 아침이면 들깨를 입에 털어 넣고 꼭꼭 씹는다. 우리 집은 영양제는 거의 없지만 들깨는 항상 채워져 있다.

쓰레기 줄이기에 관심을 가지니 자연스럽게 '먹는 일'에도 흥미가 생겼다. 배달 음식을 줄이려 전보다 요리를 더 해 먹게 됐고, 음식을 하다 보니 들어가는 재료들이 궁금해졌다. '이 재료는 어디에 좋을까? 다음에는 다른 야채를 써봐야지.' 내 손으로 지은 밥과 채소 가득한 한 끼가 주는 편안한 위장을 경험하니, 순리인 듯 채식에도 눈길이 갔다. 제로웨이스트를 알고 일상 속 여러 변화가 생겼지만, 그중 가장 큰 변화는 채식. 아직 고기가 종종 생각나고 가끔 먹기도 하지만, 예전보다 채식 위주 식단으로 먹으려 노력한다.

어느 날 인스타그램에서 눈길을 사로잡는 제목이 보였다. '오메가3 영양제 대신 들깨를 먹어야 하는 이유'. 비건 관련 영양 정보를 담는 계정(파이토케미컬유니언 @phyto-chemical.union)인데, 나의 얕은 지식을 단번에 깨버렸다. 오메가3는 몸에서 만들어지지 않아서 꼭 등 푸른 생선으로 섭취해야 하는 게 기본 상식 아니었나? 엄마가 밥에 올려주는 고등어 살을 차마 피하지 못한 이유가 바로 이건데, 들깨에도 있다니! '들깨 오메가3 이론'은 생각보다 더 재밌었다. 우선 일반 영양제보다 들깨에는 우리에게 필요한 오메가3가 풍부하다. 오메가3도 여러 종류가 있는데, 들깨에 들어 있는 건 인체에서 합성이 불가능한 필수지방산이다. 이건 오직 식품으로만 섭취해야 하는데,

들깨는 필수지방산 'a-리놀렌산' 형태의 오메가3를 다량 함유하고 있다. 반면 어류 속 오메가3는 EPA, DHA 형태인데, 이건 식품으로 섭취하지 않아도 인체에서 합성 및 전환이 가능하다. 들깨 속 필수지방산을 잘 섭취한다면 몸에서 만들 수도 있다고 한다.

들깨 오메가3가 매력적이었던 두 번째 이유는, 들깨에는 '비타민E'도 들어 있기 때문이다. 오메가3 영양제는 꼭 비타민E와 함께 복용해야 한다는 이야기를 들은 적이 있다. 오메가3는 쉽게 산화하는 성질이 있어 항산화 기능이 있는 비타민E를 함께 먹으면 좋은데, 들깨에는 비타민E도 같이 있어 따로 섭취할 필요가 없다. 자연이 준 선물이란 말은 이런 걸 두고 하는 게 아닐까? 이미 밸런스를 맞춰 탄생하다니. 설날 가장 먹기 싫었던 들깨 강정은 완벽한 K-영양제였다. 게다가 들깨는 알약 영양제에 없는 맛과 향, 식감이 있다. 아무런 맛도 없이 물 한 모금에 꿀떡 넘겨야 하는 영양제와 달리 들깨는 먹는 순간에도 멋이 있는 약이다.

아침에 일어나 잠옷을 입은 채로 냉장고를 연다. 들깨 병을 꺼내 크게 한 숟갈 떠서 입에 탁 털어 넣으면 깨알들이 '차르르르' 소리와 함께 입안에 굴러 들어온다. 입에 가득 머금고 한 알 한 알 꼭꼭 씹는다. 씹으면 씹을수록 짙게 올라오는 들깨 향. 대놓고 고소한 참깨와는 달리 들깨는 은은한 고소함이 있다. 처음에는 반쯤 감긴 눈으로 냉장고 문을 열지만, 어적어적 들깨를 씹다 보면 슬슬 잠이 깬다. 위아래로 이를 부딪혀가며 들깨를 부서뜨리면 그 소리에 뇌도 점점 깨어나 머릿속 바퀴가 가동할 준비를 한다. 고소한 향은 입맛을 돌게 하고, 씹을 때 느껴지는 머릿속 울림은 하루를 무사히 시작하는 에너지가 된다. 다른 영양제는 사놓고 비워본 적이 없지만 들깨 오메가3는 예외. 유리병이 비워지면 부지런히 깨를 채워 넣는다.

완벽하진 않지만 쓰레기 줄이기에 관심을 가지니 일상에 좋은 변화가 찾아온다. 그중에서도 몸이 건강해지는 관심사가 점점 더 확장되는 느낌이랄까? 환경에 관심이 생기니 채식이 궁금해졌고, 조금씩 채식을 실천하다 보니 더 맛있고 건강하게 먹는 법을 찾게 된다. 삶에 무해한 관성이 자리 잡는 듯한 기분. 들깨 오메가3도 이 과정에서 만난 소소한 행복 중 하나다. 들깨 오메가3는 복잡하게 직구할 필요도 없고, 이리저리 리뷰를 살펴볼 필요도 없다. 팬과 주걱만 있으면 믿음직한 들깨 영양제 한 통은 금방 만든다. 엄마가 준 들깨를 씻어 팬에 펼치고, 약불에 올려 볶으면서 말려준다. 집 안을 온통 채우는 들깨 향도 좋고, 마른 들깨가 유리병에 떨어지는 차르르르 소리도 좋다. 우리 집에는 비싼 영양제는 없지만 언제나 들깨가 있다.

들깨 영양제 만드는 방법

1. 들깨를 물에 푹 담그고 채로 거르는 과정을 두 번 반복하며 씻는다.

2. 젖은 들깨를 팬에 펼치고 약불에 볶아주며 말린다.

3. 불을 끄고 상온에 잠시 두어 남은 물기를 말린 뒤 병에 담는다.

4. 냉장 보관하며 하루에 2~3숟가락 씹어 먹는다.

✻ 들깨 영양제 만드는 영상은 유튜브 〈이재성 박사의 식탁보감〉에서 볼 수 있
습니다.

행주,
삶지 않아도 괜찮아

저녁을 먹은 후 남편과 식탁을 정리하고 나면 항상 마지막에 남는 과제는 행주다. 온종일 온갖 것을 닦아 양념 묻고 먼지 묻어 꼬질꼬질해진 행주. 예전에는 행주를 바로 냄비에 넣어 삶았고, 귀찮을 때면 싱크대 어딘가에 기약 없이 구겨놨다. 하지만 요즘은 다르다. 작은 스테인리스 볼에 온수를 받아 행주를 넣고, 과탄산소다를 꺼내 적당히 뿌려놓는다. 집게로 이리저리 휘저어주고, 행주가 푹 잠길 수 있게 꾹 한 번 누르는 것도 잊지 않는다. 싱크대 구석에 볼을 놓고 주방 일을 마무리하고 자러 들어간다. 아침이면 뽀얗게 변해 있을 행주를 상상하며.

'삶지 않는 행주 살림법'을 알게 된 건 박철원 저자의 『안전하고 슬기로운 천연 세제 생활』이란 책을 읽고 나서다. 이 책에서 내 생활을 변화시킨 과탄산소다에 대한 새로운 정보를 알게 됐다. 가장 흥미로웠던 건 과탄산소다는 끓인 물이 아니더라도 미지근한 온도에서도 반응하며, 급하게 온도가 올라가면 오히려 표백 효과가 떨어질 수 있다는 것. 왠지 팔팔 끓을 정도로 온도가 높아야 더 하얘질 것 같아 매번 화력을 최고로 올렸는데, 알고 있던 것과 너무 달랐다.

반신반의하며 실행해본 과탄산소다 실험은 성공적이었다. 그냥 물을 받아 과탄산소다를 풀어 행주를 담가놓고 자러 갔는데, 아침이면 남은 가루 없이 잘 녹아 있었고 행주는 큰 얼룩들이 지워져 하얗게 변해 있었다. 쉰내 나던 행주에서 삶은 듯한 개운한 향도 났다. 행주는 무조건 삶아야 한다고 생각했던 고전적인 살림법이 깨지는 순간이었다. 삶는 것만큼 완벽한 살균은 아니지만 과탄산소다도 충분히 균을 없애준다. 그래서 그런지 하루 이틀 쓴 행주는 넣어두기만 해도 묵은 냄새가 없어졌다. 이 팁을 알게 된 후 수고스럽게 꺼내던 '삶통'을 창고로 옮겼고, 여름에 뜨거운 냄비 앞에 서 있을 일도 줄었다. 침대만 과학이 아니라 살림도 과학이다. 책에 적힌 몇 줄의 정보 덕분에 행주 세척에 쓰던 체력과 시간이 많이 줄었고, 일회용 행주를 고민하는 순간도 사라졌다.

"행주는 그래도 자주 삶아야 해요." 지금은 이런 댓글이 잘 달리지 않지만, 삶지 않는 행주 세척 방법을 처음 올렸을 때 단호한 댓글이 많이 보였다. "간편한 것만 중요한 게 아니라 위생이 제일 중요합니다." 맞고 틀림이 없는 문제 같은데 왜 이런 말을 할까? 내가 큰 잘못을 한 건가? 요행을 바라는 철없는 사람으로 생각하는 것 같아 섭섭한 마음이 들었다.

생각해보면 살림만큼 변화가 더딘 분야가 없다. 재테크나 부동산처럼 전문 자료가 계속 나오는 것도 아니고, 공인된 전문가가 있는 것도 아니니까. 그저 '엄마가 이렇게 했으니' '다른 집도 이렇게 한다니까' 알음알음으로 배워야만 했던 게 살림이다. 활발하게 의견을 나눠볼 기회도 없었고, 제대로 알려주는 곳도 없었다. 몇몇 사람들의 반응에 처음에는 속상하기도 했지만, 지금까지의 살림법을 생각해보면 그럴 수 있겠다고 생각했다. 책 한 권 읽고 적은 내 말이 못 미더울 법도 했고, 오랜 시간 굳혀온 습관을 바꾸기도 쉽지 않을 터였다.

"왜 콘텐츠로 살림을 선택했어요?"

종종 인터뷰할 일이 있는데, 왜 살림이었냐는 질문을 받고는 한다. 처음 질문을 받았을 때는 뚜렷한 대답을 하지 못했다. 결혼하고 취업 전에 집안일에 집중할 시간이 생겼고, 살림하는 순간이 좋아 기록하다 보니 어느 순간 콘텐츠가 되어 있었으니까. 애초에 선택지조차 없었다. 그냥 나에게 가장 좋은 일상이었고, 내가 가장 기특해지는 일이 바로 살림이었던 것이다. '나 오늘은 이런 거 해봤어요. 잘했죠?' '이렇게 해보니 좋더라고요. 같이 해봐요.' 다른 사람들과 이 몽글몽글한 기분을 나누고 싶고, 칭찬받고 싶어 공유한 것들이 어느 순간 내 콘텐츠로 자리 잡고 있었다.

"세상에 일도 사랑도 내 마음대로 되는 건 하나도 없어요. 유일하게 내가 가장 쉽게 바꿀 수 있는 건 내 몸밖에 없더라고요. 몸 만드는 게 제일 쉬워요."

운동을 왜 그렇게 열심히 하냐는 질문에 모델 한혜진 님이 했던 대답이다. 그에게 삶을 바꾸는 가장 쉬운 일이 '운동'이라면, 나에게는 '살림'이었다.

나이가 들수록 내 마음대로 쉽게 되는 건 없더라. 원하는 직장에 일자리를 얻는 것도, 인간관계도, 일이 술술 풀리면 마치 하늘에 있는 누군가가 심술 내듯 꼭 걸림돌이 앞에 놓였다. '그래, 원래 인생이 이런 거였지. 쉽게 갈 리가 있나.' 하며 다시 한번 힘을 내야 했다. 좋은 일이 있을수록 더 일찍 절에 기도하러 가던 엄마 마음을 이해하게 되었다. 그런데 내가 좀 더 고민하고 조금만 부지런해지면, 일상이 바뀌는 게 바로바로 눈앞에 보이니까. 그래서 살림에 집중했던 것 같다. 내 마음처럼 흘러가지 않는 삶에서 유일하게 내 뜻대로 행복해질 수 있는 확실한 방법이었다.

자기 전에 귀찮아도 소파에서 몸을 일으켜 물에 보리를 넣어 끓여놓으면 다음 날 아침 따뜻한 보리차로 배를 데우며 기분 좋은 온기로 하루를 시작할 수 있다. 유튜브를 보고 설치한 압축봉에 텀블러를 쌓아 정리하니 좋아하는 차를 둘 공간이 더 생겼고, 단정하게 정리된 모습을 보고 싶어 자꾸만 문을 열어보게 된다. 봄이 가기 전 딱 한 번만 부지런을 떨어 냉이 장아찌를 만들면 1년 내내 냉이 향을 즐길 수 있다. 인터넷에서 쉽게 김치 자르는 방법을 알고 나서는 끼니때마다 번거로움이 줄어 스트레스를 받을 필요가 없어졌다. 하찮고 작은 아이디어 같지만, 무시할 수 없는 스트레스들을 줄여줘 수월히 살게 해주는 것들. 생각해보면 살림은 실천만 하면 확실한 선물을 주는 꽝이 없는 문구점 뽑기 같은 것이다.

"그렇게 하면 안 돼요." "틀린 방법이에요." 같은 단호한 댓글이 달린다 해도 나는 계속 새로운 살림법을 공유하고, 함께 더 많은 이야기를 하고 싶다. 같이 의견을 나눠야 유용한 아이디어가 계속 탄생하고 발전할 테니까. 삶지 않는 행주 세척법은 몸을 편하게 만들어줬지만, 중요한 일에 집중할 시간도 만들어줬다. 행주 삶는 시간이 사라져 여유가 생기니, 소파에 앉아 남편과 대화하는 시간이 늘어난 것처럼. 어제도 행주 세척 팁을 담은 유튜브 영상에 이런 댓글이 달렸다.

"이 영상 보고 일회용 행주는 넣어두고, 천 행주를

꺼냈어요!"

"과탄산소다만 풀어놨는데 아침에 행주가 뽀얗게
변해 있어서 너무 기분 좋았어요. 감사합니다!"

역시 살림만큼 확실한 행복은 없다고 다시 한번 느
낀다. 가끔 겁이 나기도 하지만 그래도 역시 떠들어야겠
다. 사람들이 이 사소하지만 큰 변화를 경험해보길 바라
며. 꽝 없는 행복을 경험해보길 바라며.

천연 세제 이것만 알자

+ 베이킹소다는 생각보다 세정력이 좋지 않다

행주를 씻을 때 베이킹소다만 쓰거나, 과탄산소다와 베이킹소다를 함께 쓰는 경우가 많은데, 세탁에 좋지 않다. 세제는 알칼리성이 강할수록 기름때를 잘 지우고 세정력이 좋은데, 베이킹소다 같은 경우는 pH8로 물(pH7)과 비슷한 정도의 약알칼리성이다. 과탄산소다는 pH10 강알칼리성 세제. 그래서 과탄산소다의 세정력이 더 좋고, 베이킹소다를 섞으면 중화돼 과탄산소다만 단독으로 썼을 때보다 오히려 효과가 떨어진다. 따라서 행주를 세척할 때는 과탄산소다만 사용하는 게 좋다. 베이킹소다는 연마 효과가 있어 냄비에 낀 물때나 탄 부분을 긁어낼 때 주로 사용한다.

+ 산성인 구연산은 어디에 쓸까?

알칼리성이 세척에 좋다고 산성인 구연산이 필요 없는 건 아니다. 구연산과 식초 같은 산성은 물로 생긴 탄산칼슘 즉, 주전자 속 흰 얼룩과 스테인리스 냄비에 무지개처럼 남는 미네랄 자국인 알칼리성 때를 지우는 데 효과적이다. 스테인리스 팬과 냄비가 얼룩덜룩 지저분하다면 물을 넣고 구연산을 녹여 30분 이상 두면 좋다. 구연산은 찬물에도 쉽게 녹는다.

모카모카
순간

"그거 분명 씻기 힘들어서 잘 안 쓸 거야. 안 봐도 알아. 안 살래."

남편이 우리도 모카포트 써보자고 투덜거릴 때마다 나는 단호하게 답했다. SNS에도 커피 관련 고민을 올리면 이런 댓글이 꼭 달렸다. "유정 님도 이제 모카포트로 오시죠?" 종종 인스타그램에 보이는 고전적인 비주얼에 마음이 가기도 했지만, 결론은 항상 같았다. 예쁘기는 하지만 분명 세척하기 힘들 것. 얄궂은 살림으로 전락할 것.

쓰레기를 만들지 않고 커피를 즐기고 싶어 여러 방법을 시도해봤다. 종이 필터가 필요 없는 스테인리스 드리퍼를 써보기도 했고, 일회용 캡슐 대신 스테인리스 커피 캡슐도 주문했다. 몇 년 동안 잘 쓰긴 했지만 뭔가 다 아쉬웠다. 우선 나에게 핸드드립은 너무 느렸다. 전자레인지 30초도 못 기다리고 항상 27초에 문을 여는 나에게는 어울리지 않는 속도였다. 필터에서 똑똑 떨어지는 커피를 보면 답답했고, 결국 자리를 떴다 까먹고는 식어버린 커피를 마셨다. 다회용 스테인리스 캡슐은 씻는 게 문제였다. 꼼꼼하게 씻지 않으면 추출이 안 될 때가 많았고, 분명 안에 끼인 원두가 있을 텐데 속 시원하게 씻지 못하는 형태라 찝찝했다. 손님이 오면 왠지 미안해 결국 캡슐 커피는 대접하지 않게 됐다.

모카포트를 쉽게 사지 않았던 이유는 '세척'이 가장 컸다. 우리 민족을 수식하는 여러 단어가 있지만 살림을 시작하고 확신했다. 우리는 '배달의 민족'도 맞지만 '통세척의 민족'이란 것. 인터넷에 뜬 새로운 부엌 용품에는 꼭 이런 질문이 달린다. "이거 세척 쉬운가요?" "통세척 가능한가요?" 아마 '통세척'이란 말은 우리나라에만 있지 않을까? 어떤 도구든 손쉽게 분해해 구석구석 거품으로 닦고, 시원하게 흐르는 물줄기에 박박 헹군 뒤 햇볕

아래 착착 세워놔야 속이 시원한 민족. 뭐든 통째로 닦아내야 개운해하는 사람들이다. 오밀조밀한 모카포트는 손을 넣고 박박 닦는 즐거움을 포기해야 하는 살림이다. 무엇보다 나를 혼란스럽게 한 건 물세척만 가능하다는 점이었다. 모카포트 내부는 알루미늄 코팅이라 세제를 쓰지 않고 물로만 헹궈야 한다. 통세척의 민족에게는 너무 가혹하다. 설거지 비누로 닦을 때의 뽀득뽀득한 손맛이 없으면 대체 왜 씻는단 말인가? 이탈리아 사람들은 하나로 몇십 년을 쓴다는데, 그들의 위장 안녕이 궁금했다.

모카포트를 질러버린 그날도 스테인리스 캡슐과 씨름하고 있던 때였다. 캡슐 안에 무언가가 걸렸는지 버튼을 누르자 캡슐 밖으로 커피가 새어 나왔고, 기계 밑은 엉망이 됐다.

"이건 잘 나오다가 꼭 이러더라!"

행주를 쥐고 거친 손길로 검은 물을 닦는 나를 본 남편은 묻지도 않고 모카포트를 주문했다. 그렇게 나는 돌고 돌아 결국 모카포트를 만난 거다. 팬덤 용어에 '입덕부정기'란 말이 있지 않나? 처음에는 "내가 ○○을 왜 좋아해~ 좋아하는 사람 이해 안 가." 하며 부정기를 거치지만 결국 몸과 마음이 이끌려 입덕하게 된다. 내게 모카포트가 딱 그런 살림이었다. 처음에는 온갖 이유로 거부했지만, 지금은 여행 갈 때도 폭신한 옷 사이에 끼워 가져간다. 모카포트 소리가 없는 아침은 이제 너무 차가울 것만 같다.

모카포트를 써보니 모든 게 심플해서 좋았다. 필터, 드리퍼, 커피 받는 서버까지 필요한 핸드드립과 달리 모카포트는 몸뚱이 하나만 있으면 끝이다. 포트 안에 갈아놓은 원두와 물만 넣어주면 준비 끝. 어떤 기교 필요 없이 늘 같은 맛을 내는 것도 좋다. 아침에 일어나 씻고 인덕션 위에 포트를 올려 불을 약하게 켠다. 화장대로 가서 토너, 에센스, 마지막 수분크림을 바르고 있을 때쯤 부엌에서 들리는 '꼬륵꼬륵' 소리. 작은 몸체지만 인덕션 위에 묵직하게 서 있는 모습을 보면, 씻을 동안 커피를 준비해둔 집사처럼 느껴져 듬직하다.

커피 맛도 좋고 편리함도 좋지만, 무엇보다 이 '모카모카한 순간'이 좋다. 이 기분을 어떻게 표현해야 할지 모르겠는데, 어둑한 새벽 모카포트를 쓸 때만 느낄 수 있

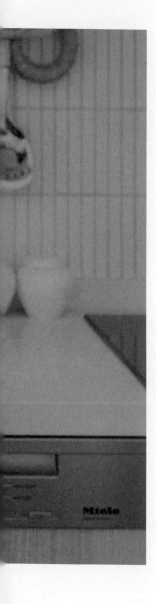

는 아침 기분이 있다. 분쇄 원두를 커피 바스켓에 채워 톡톡 눌러주면, 부드러운 커피 향이 올라와 정신이 깨는 듯하다. 포트를 화구에 올려놓고 조금만 지나면 보글보글도 아닌 꾸륵꾸륵도 아닌 소리를 내며 기특하게 커피를 내려주는 모카포트. 각지고 귀여운 입에서 나오는 증기는 온 부엌에 고소한 커피 향과 따뜻한 기운을 퍼뜨린다. 이 순간은 그냥 '모카모카하다'라는 말로밖에 설명할 수 없다. 이제는 이 모카모카한 기분 때문에 커피를 마시는 걸지도 모르겠다.

사기 전에 가장 걱정했던, 아니 확신했던 '불편한 세척'은 막상 해보니 생각보다 간편했다. 물론 모든 설거지거리는 귀찮은 존재긴 하지만, 세제를 쓰지 않고 헹구기만 하니 오히려 간편했고 바로 완벽하게 말리지 않아도 쉽게 녹슬지 않았다. 쓰다 보니 이런 생각도 들었다. '사실 많은 물건이 과하게 씻을 필요가 없는데, 지금까지 사서 고생을 했던 건 아닐까?' 가끔 물로만 씻는 게 찝찝할 때면, 방송인 알베르토가 유튜브에서 한 말을 생각한다.

"열다섯 살 때부터 계속 모카포트로 커피를 마셔왔

는데, 배가 아픈 적은 없어요!"

어떤 연구 논문보다 믿음 가는 증명 아닌가? 배 아픈 적이 없었다니! 어려운 말로 적힌 검출서, 증명서보다 경험에서 나온 이 귀여운 실험 결과가 더 믿음직스러웠다. 알베르토의 리뷰 영상 덕분에 현재도 의심 없이 온전히 모카포트를 즐기고 있다. 지레짐작으로 불편할 것 같아서, 안 해봐도 알 것 같아서 계속 입덕을 거부했다면 나는 지금도 '모카모카 순간'을 모르고 살았겠지. 아직도 투덜거리며 흘러내린 커피를 닦고 있을 거다. 몇 달 전 내 모습을 회상하며 배운 것이 있다. 건조한 일상을 윤기 나게 하는 건 마침표가 아닌, 느낌표와 물음표가 담긴 문장이라고.

'분명 그럴 거야.'보다는 '그러면 어떨까?'
'안 봐도 알아.'보다는 '알고 싶다!'

단정하는 말보다는 느낌표와 물음표가 붙은 문장을 자주 말해야 또 다른 모카모카 순간을 만날 수 있겠지. 내일 아침의 모카모카 순간을 놓칠 수 없기에 오늘

밤도 부지런히 포트를 헹군다. 나에게 묻지 않고 모카포트를 주문해준 남편에게 고맙다는 말을 남기며.

무해한 인스턴트,
누룽지

그런 아침이 있다. 자고 일어나 눈을 떴는데 한숨부터 나오는 날. 잘 잤다는 생각보다는 오늘 해야 할 일들이 머릿속에 밀려와 일어나자마자 마음이 분주한 날. 마음이 바쁘다고 해서 벌떡 일어나 하루를 시작하는 것은 아니다. 겨울 아침일수록 더더욱. 폰을 잡고 이불 속에 누워 하기 싫다 생각만 하며 몇십 분을 보낸다. 더는 이러면 안 될 것 같다고 생각할 때까지 시간을 보내다 기상. 무거운 몸을 이끌고 부엌에 나가 물 한 잔을 마신다.

오전부터 만사가 귀찮은 날일수록 눈치 없이 배는 더 헛헛하다. 보통은 토마토도 갈고 빵도 구워 부지런히 아침을 준비하는 편인데, 몸과 마음에 힘이 없는 날은 간단한 누룽지가 생각난다. 냄비에 넉넉하게 물을 붓고 미리 만들어둔 노릇노릇한 누룽지를 툭툭 부숴서 넣어준다. 불 세기는 중약불 정도. 딱딱한 누룽지가 부드러운 숭늉이 되려면 시간이 필요하니 냄비를 올리고 욕실로 들어간다. 5분 정도 따뜻한 물에 샤워하고 나오면 부엌에서는 보글보글 숭늉이 끓고 있다. 집 안 가득 퍼진 구수한 누룽지 냄새에 공기마저 따뜻하다. 숨을 쉴 때마다 코를 타고 숭늉 냄새가 들어오면, 푸근한 밥 냄새에 오장이 나른해지는 것만 같다. 밥 냄새는 참 신기하지. 다른 음식 냄새에는 없는, 마음을 온화하게 만드는 무언가가 있다.

푹 끓인 숭늉을 그릇에 덜고 국물부터 마신다. 첫 입은 숟가락이 아닌 그릇째 마셔야 제맛. 그릇을 들고 진한 누룽지 국물을 홀짝홀짝 마시면, 뜨거운 국물이 목에서 배 속으로 타고 들어와 서서히 몸을 데워준다. 부드러운 밥알과 국물을 같이 떠서 한입 넣는다. 고소한 밥알을 씹다 간이 심심하다 싶을 때쯤 잘 익은 김치를 한입 먹는다. 배추김치도 좋고 깻잎김치도 좋다. 입안에서 젓갈 냄새 나는 짭짤한 대구 김치와 누룽지가 어우러지면, 역시 이만한 한 끼가 없다. 따끈한 숭늉이 아랫배부터 뜨끈하게 데워주면 헛헛했던 마음도 조금은 든든해진다.

　누룽지를 자주 만들어 먹게 된 계기가 있다. 예전에 라디오에 출연한 적이 있었는데 DJ는 환경 활동에 적극적인 배우 박진희 님이었다. 방송 중 밀키트에 대한 이야기가 나왔고, 그녀는 일도 육아도 하고 있지만 밀키트는 이용해보지 않았다고 말했다. 어떻게 그럴 수 있는지 비법을 여쭤보니, 1초도 망설임 없이 나온 대답이 바로 '누룽지'였다. 집에 누룽지를 항상 준비해두고 바쁠 때 아이들에게 끓여주는데, 그렇게 간편하고 맛있는 밀키트가 없다는 거다. 그 말을 듣고 생각해보니 누룽지는 정말 '무해한 인스턴트'였다. 플라스틱이나 비닐 쓰레기가 나오는 것도 아니고, 그냥 끓이기만 하면 꽤 맛있는 한 끼가 완성된다. 햇반이 없던 시절에는 누룽지가 햇반 같은 존재가 아니었을까? 누룽지 팁을 들은 그날 이후부터 우리 집에도 누룽지 데이가 생겼다. 밥을 눌러 누룽지를 만들어놓는 날. 바삭한 누룽지를 만들어 용기에 쌓아두면 곳간을 채운 듯 마음이 부르다.

　2분이면 촉촉한 밥 한 그릇을 만들어주는 햇반도

좋지만, 누룽지에는 햇반으로 즐길 수 없는 것들이 있다. 누룽지를 끓여 만든 숭늉을 먹으면 속도 풀리지만, 누룽지가 끓을 때 올라오는 포근한 밥 냄새에 마음 근육도 느슨해진다. 속이 편안해서 그럴까? 따끈한 누룽지를 먹고 시작한 날은 속상한 일도 '그럴 수 있지 뭐.' 하는 여유가 생긴다. 햇반은 배만 채워주지만, 누룽지는 오늘 하루도 잘 살아보겠다는 배짱까지 채워주는 음식이다.

햇반은 전자레인지에 플라스틱 용기 그대로 돌려 먹지만, 누룽지는 그릇을 꺼내 제대로 차려 먹을 수 있어 좋다. 아침부터 나를 대접하면서 출발하면 다른 하루를 만들 수 있으니까. 일어나 눈을 떴는데 걱정부터 밀려오는 아침이면, 무해한 인스턴트 누룽지를 끓여보자. 구수한 누룽지에는 조급한 마음을 눌러주는 묵직하고 따뜻한 맛이 있다.

누룽지 쉽게 만드는 방법

누룽지는 KBS2 예능 프로그램 <신상출시 편스토랑>에 나온 방법으로 만드는 게 가장 간편하다. 물을 넣고 끓이는 방법인데, 이렇게 하면 밥을 고르게 펼치기도 좋고 쉽게 타지 않는다.

1 팬에 밥 한 공기와 물 100ml 넣는다.

2 밥을 얇게 펼쳐준 뒤 중약불에 15분 이상 가열한다.

3 노릇노릇해지면 뒤집어서 좀 더 구워 먹는다.

손목 톡톡
출근 완료

　나는 매일 아침 안방 책상으로 출근한다. 출근 전에 부엌 찬장에서 잔 두 개를 꺼내 한 잔은 보리차, 한 잔은 커피를 따라 책상 위에 놓는다. 의자를 당겨 앉아 바로 일을 시작…하면 좋겠지만 먼저 하는 일은 전 세계 대소사 찾아보기. 간밤에 친구는 인스타그램에 뭘 올렸나, 연예인들 결혼 소식은 없나 살펴본다. 일하기 전에는 왜 이런 호사가가 될까? 유혹에 이끌려 새로운 소식을 모두 누르다 보면 30분은 훌쩍 지나간다.

　멍하니 인터넷 서핑을 하다 이제 진짜 일을 해야겠다 싶은 순간, 아로마 오일을 꺼낸다. 좋아하는 향이 담긴 손바닥만 한 오일 병을 열고, 손목에 두 방울 톡톡. 두

손목을 겹쳐 혈관에 비벼주고 목에도 쓱쓱 발라준다. 두 눈을 감고 살결에서 올라오는 향을 느끼며 1분 정도 심호흡한다. 내게 맞는 적당한 템포를 찾고 눈을 뜨면 그때가 바로 진짜 출근이다.

집에서 일을 시작하며 알았다. 출근이란 루틴이 꽤 중요하다는 걸. 공간이 변하지 않으니 휴식과 업무 사이 경계가 모호했고, 그래서 책상에 앉아 바로 업무에 집중하는 게 쉽지 않았다. 안에서 밖으로, 집에서 사무실로, 명확한 공간 변화를 만들 수 없으니 선택한 방법은 두 가지. 집에 있어도 꼭 잠옷은 갈아입고, '향'으로 경계를 만드는 거였다.

좋아하는 가게에 놀러 간 날, 아로마 오일과 오일 향을 퍼뜨려주는 우드볼을 샀는데 참 신기했다. 책상 위에 놓고 업무 시작 전 우드볼에 몇 방울 떨어뜨리니 주변을 채우는 향이 달라지면서 감각이 다른 모드로 바뀌는 것 같았다. 같은 공간인데 다른 공간처럼 느껴지는 기분. 종종 눈으로 본 것보다 향으로 기억된 순간이 더 또렷하게 남는 것처럼, 향을 맡기 전과 후에 꽤 분명한 다름이 있었다. 아침 컨디션이 좋지 않은 날은 활력을 주는 상큼한 시트러스 향으로, 보통 날은 마음이 차분해지는 우디한 향으로 출발. 전에는 사무실에 가방을 놓고 앉는 순간부터 출근이었다면 지금은 오일 병을 닫는 순간 생각한다. '오늘 하루도 시작이네.'

요즘은 패키지도 멋진 룸 스프레이와 향수가 많이 나오는데도 왠지 천연 향이 담긴 아로마 오일에 더 손이 간다. 옆에 있는 사람이 잘 못 느낄 정도로 향이 진하지 않고 잔향이 오래 남지 않지만 서류를 꺼내다 보면 살짝살짝 은은하게 퍼진다. 나만 느끼는 향이란 건 은밀한 매력이지 단점이 아니다. 바쁘게 일하다 언뜻언뜻 향이 느껴지는 순간, 조금 깊게 숨을 내쉬어본다. 집중하면 숨을 참는 버릇이 있는데, 문득 스치는 향이 나에게 '어? 너 지금 너무 다급해. 천천히 해.' 하고 다정한 안내를 건네는 것 같다. 향이 느껴지는 그때 후-하- 숨쉬기 한 번. 다시 나에게 맞는 속도를 찾아가는 순간이 꽤 근사하다.

후각이 좀 예민한 것인지 어릴 때부터 인공 향은 맞지 않았다. 스무 살, 멋진 도시 여성을 꿈꾸며 용돈으로 산 안나수이 향수를 뿌리고 버스를 탄 적이 있는데, 중간에 내려 화장실을 찾아가 토했다. 도시 여성이 되려다 처음 도시에 온 어리바리한 사람이 되어버린 꼴. 이렇게 본능부터 촌스러운 나지만 아로마 오일은 처음부터 편안하게 다가왔다. 인위적인 무언가가 아닌 식물에서 온 자연스러운 향이어서 거부감 없이 잘 맞았다. 향수 뒷면은 읽어도 알 수 없는 화학 성분이 가득하지만, 아로마 오일은 '라벤더' '레몬' '로즈마리' 등 쉽게 알 수 있는 이름이 담긴 것도 좋다. 의문스러운 부분 없이 내 몸에 닿는 재료를 정확하게 알고 있으면, 일단 마음부터 편안하다.

환경에 관심이 생기고 인공 향 대신 에센셜 오일이 들어간 제품을 오래 쓰다 보니, 요즘은 강한 화학 향을 가진 샴푸를 쓰면 속이 울렁거린다. 너무 예민한 것 아니냐, 세세하게 따져도 안 좋다고 할 수 있겠지만, 이런 변화가 나는 꽤 마음에 든다. 자연스러운 걸 자연스럽게 느끼고, 인위적인 걸 인위적으로 느끼는 건 오히려 좋은 신호 아닐까? 요즘은 오히려 부자연스러움을 몸이 자연스럽게 느끼는 것 같아 무서울 때가 많다. 내 몸에 닿고 들어오는 모든 건 할 수 있는 한 천연인 것들로 채우고 싶다. 억지스럽지 않고 순리대로 만들어진 것들로.

지금 이 책을 쓰는 순간에도 오일은 항상 곁에 있

다. 글을 쓸 때 아로마 향의 용도는 '작가 모드 전환'. 영상을 편집하고 다른 업무를 하다 갑자기 글을 쓰려면 어색할 때가 있는데, 그때 이 오일을 다시 손목에 바른다. 눈을 감고 코 밑에 손목을 대고 후-하- 두세 번 숨쉬기. 싱그러운 레몬, 편안한 풀 냄새를 머릿속에 채우며 작가 모드 예열을 시작한다. 조급하지 않은, 나에게 맞는 여유로운 호흡을 찾으면 눈을 뜨고 시동을 건다.

　'자, 이제 글쓰기 시작!'

낮 살림

밸런타인데이는 모르겠고, 자원순환데이

　창고에 들어가 그동안 상자에 모아둔 아이스 팩을 꺼내 현관문 앞에 둔다. 택배를 받으면서 모은 뽁뽁이와 종이 완충재는 마 끈을 이용해서 가로세로 꽁꽁 감싸준다. 두세 달이면 양이 꽤 모여 마트 장바구니 정도는 금방 찬다. 깨끗하게 씻어 베란다에서 펼쳐 말려둔 우유 팩과 멸균 팩도 꺼내 온다. 우유나 오트밀크를 자주 먹는 편은 아니어서 몇 장 없으니 에코백에 집어넣는다. 아이스 팩, 완충재, 우유 팩을 현관 앞에 나란히 정리해두고, 마트 갈 때 쓰는 손 카트를 꺼내 온다. 편한 운동화를 신고, 햇빛 가릴 모자를 쓰면 준비 완료. 이날은 바로 우리 집 '자원순환데이'다.

기념일 챙기기에 무딘 나지만, 내 멋대로 만든 자원순환데이는 때맞춰 잘 챙기는 편이다. 그동안 모은 우유 팩, 뽁뽁이, 아이스 팩 같은 것들을 다시 쓸 수 있는 곳에 가져다주는 날이 자원순환데이다. 우유 팩은 주민센터나 도서관에 있는 분리배출 기계에 가져다주고, 아이스 팩은 주민센터 앞 수거함에 넣는다. 뽁뽁이와 종이 완충재는 우체국에 드리면 다른 택배를 포장할 때 잘 써주신다. 그냥 버리면 소각될 가능성이 높은 쓰레기지만, 잠깐 카트를 끌고 돌아다니면 다시 쓰임을 다할 곳으로 보낼 수 있다. 다행히 우리 집에서 도보 5분 거리에 주민센터가 있고 바로 옆에는 우체국이 붙어 있다. 그리 어렵지 않게 여기저기 재활용품을 가져다줄 수 있어 남편에게 종종 이렇게 말한다.

"우리 집 근처에 먹을 곳은 없어도 분리배출 하나는 명당이야. 그치?"

자원순환데이라고 즐거운 기념일처럼 표현하기는 했지만 사실 쓰레기를 이고 지고 동네를 도는 건 쉽지 않다. 비가 와서, 날이 추워서, 또 날이 더워서 다음에 가야지, 하고 미루다 보면 어느새 창고에 재활용품이 수북이

쌓인다. 그럴 때는 나도 그냥 아파트 분리배출장에 툭 던지고 오고 싶다. 지저분하게 버리는 게 아니라면, 아파트 분리배출장에 내놓는다 해도 나쁜 일은 아니니까. 소비자가 깨끗하게 버려도 제대로 활용해주지 않는 시스템이 문제다. 다른 건 몰라도 우선 종이 팩이라도 동네마다 따로 모아 재활용 업체에 보내는 체계가 생기면 좋겠다. 우리나라 사람들이 안 하면 안 했지, 하면 또 제대로 보여주는 사람들 아닌가. 분명 수거함만 여기저기 많아진다면 집집이 베란다에서 종이 팩을 펼쳐 말리고 있을 거다.

카트를 끌고 나가기 전에는 쓰레기를 챙기는 것부터 너무 귀찮지만, 동네를 다 돌고 빈 수레를 끌며 집으로 올 때는 발걸음이 그렇게 가벼울 수 없다. 물론 쓰레기를 안 만드는 게 가장 좋겠지만 이렇게라도 다시 쓸 수 있는 곳에 가져다주면 조금은 마음이 편해진다. 오른손이 하는 일을 왼손이 모르게 하라는 말이 있지만, 나는 오른손이 하는 일을 발가락에게까지 알리는 걸 즐기는 편. 이렇게 재활용품을 가져다주고 스스로 너무 기특한 날에는 꼭 사진을 찍어 인스타그램에 해시태그와 함께 올린다.

#오늘도내게취한다

✛ 우유 팩과 멸균 팩

우유나 두유를 먹을 때 나오는 쓰레기인 우유 팩과 멸균 팩은 재생 가치가 높은 재활용 소재다. 먹는 걸 담아야 하니 안쪽은 고급 펄프로 만든다. 이 소재는 티슈나 화장지를 만들기에 비교적 쉬운 소재라고 한다. 그래서 주민센터나 생협 같은 곳에 우유 팩, 멸균 팩을 따로 모으는 수거함을 갖춘 곳이 많다. 수거함에 모인 우유 팩으로 화장지를 만들어 지속가능한 순환 경제를 만들 수 있다. 화장지는 부피가 크니 보통 온라인으로 구매하는데, 요즘은 우유 팩을 재활용해 만든 화장지를 일부러 찾아서 주문한다. 남들 눈에는 그냥 똑같은 화장지로 보이겠지만, 쓸 때마다 나만 아는 은밀한 흐뭇함이 있다.

종이 팩은 재활용하기 참 좋은 소재지만 아이러니하게도 재활용 비중은 현저히 낮다. 2020년에 역대 최저치 15.8%를 기록했는데, 금속 캔과 페트병 재활용률이 80%인 것과 비교하면 안타까운 수치. 반면 독일과 벨기에의 종이 팩 재활용률은 60% 이상이고, 티슈는 물론 건축 자재 등 다양한 용도로 재탄생하고 있다.

우리나라에서 종이 팩 재활용 비중이 낮은 이유는 아직 우유 팩, 멸균 팩을 제대로 거둬갈 수 있는 체계가 없어서라고 한다. 우유 팩, 멸균 팩은 일반 종이와는 다르게 플라스틱 코팅과 알루미늄박이 붙어 있는데, 이런 소재는 일반 종이와 같은 방법으로 재활용할 수 없다. 그래서 종이 팩만 따로 분류해서 관리하지 않으면, 기존 폐지 재활용에서는 필요 없는 소재로 전락한다. 생각해보면 우리 동네는 물론이고 친정, 친구 집에도 아직 우유 팩을 따로 모으는 곳이 없다. 때문에 따로 수거함에 넣어야 종이 팩 재활용 업체로 전달될 수 있다. 이런 이유로 조금은 수고롭지만, 날을 잡아 우유 팩을 주민센터에 가지고 간다.

배출량에 따라 보상 제도(휴지, 쓰레기봉투 지급)를 갖추고 있는 주민센터도 많으니 방문 전 전화로 확인해보는 게 좋다. 또 다른 방법으로 '오늘의 분리수거'라는 어플에서 무인 수거함을 찾아 종이 팩을 가져다주면, 포인트를 주는 시스템도 있다. 어플을 통해 가까운 무인 수거함을 찾을 수 있고, 종이 팩과 멸균 팩은 한 장당 10포인트를 준다. 포인트가 쌓이면 어플 내 쇼핑몰에서 사용할 수 있다.

+ 100% 우유 팩으로 만든 재활용 화장지

새 나무를 잘라 만들지 않고 우유 팩을 100% 재활용해서 만든 화장지를 시중에서 쉽게 살 수 있다. 주로 구매하는 제품은 '돈잘버는집'과 '코주부'인데, '돈잘버는집'은 초가집이 그려진 제품이 재활용 화장지다. 천연 펄프 대신 재생 펄프 화장지를 구매하는 건 환경에 매우 이로운 실천이다. 재생 펄프 화장지 소비가 많아질수록 재활용하지 못하고 그냥 버려지는 우유 팩이 줄어들어 기업 또한 재활용 제품 개발에 더 힘을 쏟는다. 예전에는 천연 펄프 화장지에 비해 품질이 안 좋기도 했지만, 요즘은 기술이 발달해 촉감이 부드럽고 먼지 날림도 적다.

+ 아이스 팩

요즘 온라인으로 장 보는 사람이 많아지면서 아이스 팩이 많이 버려지고 있다. 물로 채워진 아이스 팩 말고, 젤리처럼 부드럽게 만져지는 아이스 팩은 미세플라스틱, 고흡수성 수지로 만들어진 제품이다. 이 소재는 자연분해도, 소각과 매립도 어려워 자치단체에서 거둬가 재사용하려고 노력한다. 최근 주민센터 내에 아이스 팩 수거함을 갖춘 곳이 많아지고 있고, 아파트 단지 내에 갖춘 곳도 있다. 또한 환경부 주도로 만든 '내 손안의 분리배출' 어플을 다운받으면 수거함 위치를 정리해놓은 자료를 쉽게 찾을 수 있다.

+ 비닐 완충재, 종이 완충재

코로나로 택배 이용량이 많아져 아파트 분리 배출장에 흔히 뽁뽁이라 부르는 완충재 쓰레기가 많이 쌓여 있다. 비닐 완충재도 많지만, 요즘은 종이 완충재를 쓰는 회사도 많아져 그물 모양으로 꼬여 있는 종이도 많이 보인다. 우리는 완충재가 모이면 집 근처 우체국에 가져다준다. 2년 전쯤 동네 우편집중국에 전화했던 때가 아직도 생각난다. "완충재를 그냥 버리기 아까워서 깨끗하게 정리해 가져다드리고 싶어요." 아주 상냥한 목소리와 함께 들려온 대답. "우리야 아주 좋죠!" 그날 이후 몇 달에 한 번씩 완충재를 가져다드리는데, 갈 때마다 친절하게 맞이해주시니 감사하고 즐겁다. 단, 모든 우체국마다 받아주는 건 아닐 수 있으니 방문 전에 꼭 전화해볼 것.

제철을
산다는 것

매월 1일이면 꼭 하는 일이 있다. 인터넷에 '이번 달 제철 음식'을 검색해보는 것. 제철 나물, 제철 과일, 제철 해산물을 찾고, 어울리는 요리법을 찾아 간단히 메모한다. 이 글을 쓰는 지금은 3월이고, 오늘 아침 제철 나물을 검색하니 향긋한 봄나물이 화면을 가득 채웠다. 냉이, 달래, 미나리, 돌나물… 보기만 해도 머리가 선명해지는 푸릇푸릇함. 이 좋은 날이 다 가기 전에 얼른 장바구니를 들고 시장에 가야 한다.

"그런 맛이 있어요. 나 정말 잘 살고 있구나, 이런 생각 드는 맛."

어느 한 인플루언서가 아침에 과일을 갈아 마시며

했던 말이다. 우연히 보게 된 라이브 방송이었는데 나 잘 살고 있구나, 하게 되는 맛을 나도 잘 알고 있어 기억에 남는다. 나는 그 맛을 제철 음식에서 느낀다. 사전에서 '제철'을 검색하면 이렇게 나온다.

알맞은 시절

철에 맞는 음식을 챙겨 먹는다는 건 지금 이 계절을 정확히 알고 알맞게 즐기고 있다는 것 같다. 계절을 충분히 느끼는 것만큼 잘 살고 있다는 신호가 있을까? 쨍하지도, 그렇다고 너무 연하지도 않은 초록색의 봄 쑥을 보고 있으면 눈이 편안해진다. 쑥 무침을 입에 넣으면 순식간에 쑥 향이 입안 가득 퍼지고 혀끝에서 여린 쑥 잎이 느껴져 씹는 것마저 조심스럽다. 오감으로 계절을 만끽할 수 있다는 건 몸과 마음이 건강하다는 뜻. 나 정말 잘 살고 있네, 싶어지는 맛은 제철 음식에서 느낄 수 있는 호사스러운 맛이다.

사실 제철 음식을 챙긴 지는 오래되지 않았다. 계절이 가는지도 오는지도 모르고 살았던 이십 대를 몇 년 지낸 후에야 소중함을 알았다. 시간에 떠밀리듯 살 때는 계절을 느낄 틈이 없었다. 햇볕은 출근길 회사 앞에서 잠깐 쬐는 것이 전부였고, 대부분 지하철로 출퇴근하니 이것도 가끔 버스를 탈 때나 해당되는 일이었다. 일상에 여유가 없으면 요리도 거의 하지 않는다. 그러다 보니 식탁 위에 계절을 담을 일은 거의 없었다. 배달 음식과 편의점 음식에 제철이 있을 리 없고, 그 시절 내 식탁, 아니 내 책상 위에는 떡볶이, 삼각김밥, 컵라면만 사시사철 놓여 있었다. 일하고 퇴근하고, 퇴근길에 배달 어플을 보며 집에 돌아오는 일상이 반복 또 반복될 뿐이었다.

계절이 주는 기쁨에 무뎌지는 건 단순히 시간이 흐려지는 문제만 있는 건 아니었다. 시간이 흐려진다는 건 지금을 충분히 누리지 못하는 거였고, 나 자신도 흐려지는 일이었다. '그때 산에서 내려와 먹었던 미나리 전에 막걸리 참 맛있었지.' '작년 여름에 시장에서 샀던 수박 참 달았는데.' 이런 사소한 맛의 기억이 없는 몇 년은 그때 내가 무얼 했는지 지금도 잘 기억나지 않는다. 마치 내가 존재하지 않았던 시간 같다. 그렇게 시간을 흘려보내고 나니 깨달았다. 계절을 느끼고 철에 맞는 음식을 챙겨 먹어야 지금을 잘 살아낼 수 있다는 걸. 때에 맞는 시절을 보내야 다음 계절을 살아낼 힘이 생긴다는 걸. 계절이 없는 것 같았던 시간을 몇 해 보내고 나니 알 것 같았다.

이제는 익숙해질 법도 한데 제철 음식을 검색할 때마다 남편을 붙잡고 감탄한다. 사람의 오장에 맞춰 철에 따라 필요한 영양분을 내어주는 땅. 이 자연의 순환을 가만히 들여다보면 신기함을 넘어 경이롭다. 잔뜩 움츠렸던 겨울을 보내고 봄이 되면 우리 몸은 대사가 활발해져 다른 계절보다 몇 배 많은 비타민이 필요하다. 절묘하게도 달래와 냉이 같은 봄나물에는 이때 먹으면 좋은 비타민이 가득 담겨 있고, 산뜻한 나물 향은 겨우내 가라앉아 있던 입맛을 돋게 한다. 여름은 또 어떤가. 땀이 많이 나고 갈증 나는 여름에는 수분 가득한 수박이 잔뜩 열린다. 자연은 철마다 우리에게 필요한 기운을 내어줬고, 우리는 그 기운을 먹고 한 계절, 한 계절을 무탈하게 살아냈다. 이제는 사시사철 수박, 딸기, 복숭아를 볼 수 있는 세상이 됐지만 땅이 주는 온전한 기운은 어떤 기술로도 얻지 못할 거다.

달래장, 풋마늘무침, 냉이김밥

　내 메모장에 적혀 있는 3월에 꼭 먹어야 할 음식들. 이 계절을 충분히 누리려면 몸이 부지런해야 한다. 장바구니에 천 주머니 몇 장 챙겨 얼른 장터로 나서야지.

월별 제철 식재료

+ **01월** — 우엉, 명태, 꼬막

+ **02월** — 바지락, 봄동, 한라봉, 딸기

+ **03월** — 미나리, 달래, 냉이, 쑥, 풋마늘

+ **04월** — 머위, 두릅, 취나물, 세발나물

+ **05월** — 마늘, 마늘종, 멍게, 매실

+ **06월** — 부추, 감자, 참외, 다슬기

+ **07월** — 가지, 애호박, 열무, 수박, 자두

+ **08월** — 전복, 옥수수, 풋고추, 포도

+ **09월** — 참나물, 고구마, 꽃게, 대하

+ **10월** — 표고, 감, 밤, 사과, 홍합

+ **11월** — 배추, 연근, 무, 배, 귤

+ **12월** — 시래기, 늙은호박, 유자

당연한 건 없어,
라텍스 장갑

음식을 잘하지는 못하지만 요리할 때 좋아하는 순간들은 있다. 밥솥에서 구수한 밥 냄새가 올라올 때, '탁탁탁' 나무 도마 리듬에 맞춰 당근과 감자 채가 쌓일 때, 고소한 참기름 냄새와 매콤한 고춧가루 냄새를 맡으며 조물조물 나물을 무치는 순간을 참 좋아한다. 나물을 맛볼 때는 꼭 손끝으로 살살 건져 올려 고개를 꺾어 입에 넣어야 제맛. 할 줄 아는 요리는 많이 없지만 요리하는 내 모습에 자주 취하는 나는 철없는 살림꾼이다.

우리 집에서 나물을 무칠 때 남들과 조금 다른 풍경이 있다면, 일회용 장갑을 거의 쓰지 않는다는 것. 남편은 골뱅이무침을 포장마차 사장님처럼 맛있게 만드는데 그때마다 찾는 물건이 있다.

"유정아, 라텍스 장갑 씻어놨어? 어디에 있어?"

일회용 비닐장갑 대신 씻어서 사용할 수 있는 라텍스 장갑을 사용한 지 꽤 됐다. 원래는 설거지용으로 나왔지만, 우리 집에서는 요리용 장갑으로 쓴다. 이 아이디어도 SNS로 알게 된 팁인데, 어느 날 맨손으로는 도저히 양념 만지기가 힘들어 고민을 올렸더니 많은 분이 이렇게 알려주시더라.

"고무장갑 하나를 요리용으로 두고 씻어서 써보세요."

"와, 대박!" 댓글을 보자마자 입 밖으로 감탄이 튀어나왔다. 이보다 내 기분을 잘 표현할 말은 없었다. 일회용 장갑은 비닐이라 고무장갑보다 소재가 더 나은 것도 아니고 오히려 약하니, 씻어 쓰기는 힘들었다. 그에 반해 고무장갑은 질기고 튼튼하니 세척도 할 수 있고 심지어 100% 천연 라텍스 장갑은 일반 장갑보다 음식 다루기가 좀 더 마음 편했다. 물론 천연 라텍스라고 완벽하게 안전한 건 아니지만, 어떤 원료가 섞여 있는지 잘 모르는 고무장갑보다는 조금은 안심하고 쓸 수 있을 것 같았다. 실제로 라텍스 장갑은 대형 급식소에서 음식을 다룰 때 많이 쓴다고 하니 더 믿음을 갖고 쓰는 중이다.

나물무침, 비빔국수처럼 손맛이 필요한 음식을 할 때면 라텍스 장갑을 꺼낸다. 젓가락으로는 소심했던 동작이 장갑을 끼면 과감해진다. 시원시원하게 면과 채소를 뒤집으며 골고루 양념을 묻힌다. 어느 정도 잘 섞였다 싶으면 바로 싱크대로 간다. 흐르는 물에 장갑을 씻어주고 한 번 탈탈 털어주면 세척 끝. 베란다로 가져가 집게로 걸어두면 마치 내 손을 씻은 듯 기분도 산뜻하다. 음식 묻은 비닐장갑은 그냥 버리기도 찝찝하고, 그렇다고 씻어 말리기도 참 애매했는데 라텍스 장갑을 쓰고 나서는 그런 고민이 없어져서 가장 좋다. 처음에는 쓰레기를 줄이려 시작한 일이지만, 요리용 장갑을 따로 두는 일도 이제는 내 몸이 편해서 하는 일이 됐다.

연한 노란색을 띤 장갑이라 고춧가루, 고추장이 닿으면 색이 밴다. 종종 천연 라텍스 장갑 사진을 올리면 이런 댓글이 달린다. "색이 밴 것은 어떻게 빼나요? 신경 쓰이지 않나요?" 깔끔한 사람에게는 어떨지 모르겠지만

사실 나는 그렇게 신경 쓰지 않는 편이다. 마르면서 색이 좀 연해지기도 하고, 결국 색이 빠지지 않는다 해도 속상하지 않다. 이제는 변하는 것보다 '변하지 않는 게' 더 무서우니까. 사시사철 나오는 과일보다 제철 과일이, 썩지 않는 음식보다는 자연스럽게 상하는 음식이 인위적이지 않고 건강하게 느껴진다. 장갑도 마찬가지다. 색이 변했다고 본질이 달라지는 건 아니니 그리 마음 쓰지 않는다.

라텍스 장갑을 만나기 전까지는 일회용 장갑은 나에게 어쩔 수 없는 '당연한' 살림이었다. 지퍼 백 대신 실리콘 백을 쓰는 것처럼 딱 맞는 대체품이 있는 것도 아니니 일회용 장갑은 당연히 쓸 수밖에 없는 일회용품으로 여겼다. 그런데 내가 핑계를 대는 동안 다른 사람들은 방법을 찾고 있었다. 무조건 필요한 것이라 생각하지 않고 고민하니 고무장갑을 요리용으로 쓰는 팁을 찾은 거다. 당연한 건 없다는 걸, 고민하고 찾으면 또 방법이 있다는 것을 라텍스 장갑을 쓰며 다시 깨달았다. 사전에서 '당연하다'를 찾으면 이렇게 나온다.

마땅히 그러하다

그런데 살다 보니 '마땅히 그러한 일'은 잘 없더라. 결과에는 모두 이유가 있고, 당연해 보이는 걸 생각하고 노력해 변화를 시도했을 때 더 좋은 결실을 얻었다. 생각과 문장 앞에 '당연히'가 붙으면 딱 거기까지만 보인다. 당연히 이렇게 해야지. 당연히 써야지. 더 나아감을 기대할 수 없게 만드는 말. 라텍스 장갑을 쥐고 바보처럼 "대박!"을 외쳤던 날을 기억해야지. 당연한 건 없다. 고민하면 다 방법이 있다.

이거라도
내 마음대로 하자, 좀!

　코로나가 찾아온 지도 햇수로 3년이 됐다. 이제는 집을 나설 때 마스크를 깜빡하는 일도 거의 없고, 오히려 벗고 다니는 걸 상상하면 그게 더 어색하다. 처음 코로나가 등장했을 땐 이 많은 마스크가 매일매일 버려져서 세상이 곧 쓰레기장이 될 것이라 생각하니 우울했지만 어찌어찌 세상은 돌아갔고 사람들은 적응했다.

　나는 요즘 천 마스크를 안쪽에 쓰고 바깥에 KF94 일회용 마스크를 하나 더 쓴다. 일회용 마스크는 잠깐이라 해도 숨결에 젖고 화장이 묻어 한두 번 쓰면 버려야 하지만 안쪽에 천 마스크를 쓰면 천 마스크는 세탁해서 다시 쓰고, 바깥에 쓴 일회용 마스크도 여러 번 다시 쓸 수 있다. 사람을 많이 만난 날은 두 겹을 써도 일회용 마스크를 버리긴 하지만, 혼자 산책한 날은 집에 와 일회용 마스크는 현관에 걸고 천 마스크만 욕실로 들고 가 씻는다. 천 마스크를 조물조물 비누로 세척하고 꼭 짜서 베란다 건조대에 걸면 끝.

　　천 마스크를 사용하면 쓰레기를 줄일 수 있지만, 무엇보다 의심스럽지 않아서 좋다. 일회용 마스크를 사용할 때는 생각이 많아진다. 어제 썼지만 깨끗해 보이는데 그래도 뭐가 묻었을까? 다시 쓸까? 새거 쓸까? 고민은 새로운 마스크를 꺼내도 이어진다. 이 마스크는 깨끗한 곳에서 만들어졌을까? 내 피부에 맞을까? 반면 천 마스크는 어제의 내가 부지런했다면 언제든지 믿고 쓸 수 있다. 눈으로 보이는 때와 화장 얼룩을 내 손으로 씻고 볕에 말렸으니 이보다 더 믿음직할 수 없다. 햇볕에 잘 마른 면은 손끝에서부터 보송보송한 깨끗함이 느껴진다. 바이러스도 이 바스락거리는 면 위에는 눈치가 보여 앉지 못할 것 같다. 내가 쓰는 천 마스크는 시어머니가 리넨으로 만들어주신 건데 잘 마른 리넨은 특유의 부드럽고 까슬까슬한 촉감이 참 좋다. 귀에 걸어 모양을 잡으면 입과 코와 볼을 보드랍게 감싸며 살에 닿는다. 이런 편안함을 피부도 아는지 일회용 마스크를 쓸 때보다 천 마스크를 쓸 때 확실히 뾰루지도 덜 생긴다. 지금은 천 마스크를 잘 활용하지만, 한동안은 일회용 마스크만 쓰고 다녔다. 코로나 초창기에 별생각 없이 천 마스크를 쓰고 나가니 주변에서 걱정 섞인 말들을 전했다.

"면은 바이러스 차단이 안 된다더라. 네 건강도 위험하지만 다른 사람도 신경 쓸 수 있으니 아깝더라도 일회용 마스크를 써."

생각해보니 일리 있었다. 천 안에 필터를 끼운다 한들 그건 나만 아는 거니 보는 사람은 찝찝할 것 같았다. 마스크 한 장을 뜯을 때마다 나오는 쓰레기가 아깝기는 했지만 다른 사람에게 괜한 오해를 받고 싶진 않았다. 그이후 1년 이상 일회용 마스크만 쓰고 외출했고, 좋아하는 분홍색 리넨 마스크는 옷장 구석에 넣어놨다. 그러던 어느 날 SNS로 알게 된 분들과 작게 모일 있었는데, 관심사가 비슷한 분들이라 자연스럽게 천 마스크 고민을 꺼냈다.

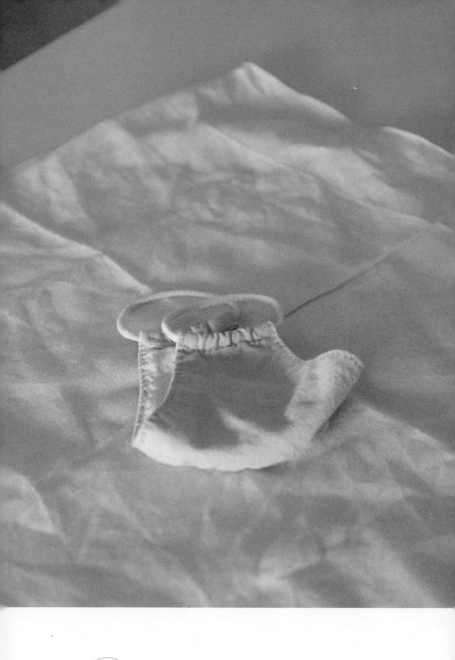

"필터라도 넣고 천 마스크를 쓰고 싶지만, 사람들 눈치가 보여 못하겠어요."

고민을 자세히 말하기도 전에, 소창 제품을 만드는 사장님이 본인도 그 고민을 해봐서 안다는 듯한 반가운 눈빛으로 대답했다.

"저는 그래서 천 마스크 위에 일회용을 써요! 한번 해보세요. 이렇게 하면 안쪽 면만 지저분해지니 일회용 마스크는 여러 번 쓸 수 있어요."

역시 답은 가까이에 있는 법. 왜 나는 그 생각을 못 했을까? 하나 더 쓰는 게 뭐가 어렵다고. 진작 물어볼걸. 해결책에 감탄하며 시원한 마음으로 집에 돌아왔다. 그날 이후부터 현관 마스크 걸이에 천 마스크와 일회용 마스크를 같이 걸어두었다. 일회용 마스크를 여러 번 쓰니 새것을 꺼내도 조금 덜 죄스러웠고, 보드라운 천 마스크 촉감을 다시 즐길 수 있어 아주 좋았다.

하지만 역시 '미움받을 용기'가 없는 쫄보에게 세상살이는 쉽지 않았고. 천 마스크를 쓰는 방법은 알았지만 그다음은 '천'이 아니라 '두 겹'이 문제였다. 대화할 일이 없는 나홀로 산책은 상관없지만, 미팅하거나 센터에 운동하러 갈 때는 두 겹이 굉장히 신경 쓰이기 시작했다.
혹시 나를 깔끔한 체하는 유난스러운 사람이라 생각하
면 어쩌지? 코로나에 엄청 예민한 사람으로 보여서 가까
이 안 오면 어쩌지? 두 겹을 써도 여전히 남들 생각은 무
서웠다. 천 마스크를 쓰고 싶지만 유난스러운 사람으로
비치는 건 싫어 현관문 앞에 설 때마다 다시 고민했다.
'그냥 일회용만 쓰고 나갈까, 같이 쓸까?' 애꿎은 천 마스
크를 만지작거리느라 외출 시간만 늦어졌다. 결국 다시
일회용만 쓰는 날이 많이 생겼고, 잠깐 쓴 마스크에 화장
이 묻은 걸 보면 속상했다.

아침에 필라테스를 가려고 나선 날, 현관문 앞에서
또 마스크를 두고 망설이다 갑자기 혼잣말이 입 밖으로
나왔다.
"아…. 이거라도 내 마음대로 하자, 좀! 안 그래도
마음대로 되는 게 없는데 이거 하나 못하나!"
갑자기 가슴이 답답해지며 화가 올라왔다. 누가 뭐
라 한 것도 아닌데 지레짐작 남들 생각을 추측하며 무서
워하는 내 모습이 갑자기 싫어지더라. 남들 눈치 보다 내

가 쓰고 싶은 마스크도 못 고르는 내가 너무 답답해서 마음에 화가 쌓였던 것 같다.

예상치 못한 감정에 당황스러웠던 아침. 그런데 신기하게 "이거라도 내 마음대로 하자, 좀!"이라고 입 밖으로 내뱉고 나니 속이 시원해졌다. 내 의사와 상관없이 갑자기 코로나가 찾아왔고, 이제는 내 마음대로 얼굴을 내놓고 다닐 수도 없다. 내 마음대로 가족, 친구와 약속을 잡기도 어렵고, 내 마음대로 좋아하는 식당조차 고르지 못할 때도 있다. 안 그래도 내 마음 같지 않은 세상인데 마스크 하나라도 내 멋대로 써야지.

그날 이후 용기가 필요하면, 문장 앞에 '이거라도 내 마음대로 하자, 좀!'을 붙여본다. 예를 들어 SNS에 쓰고 싶은 말이 생겼을 때, 평소와는 다른 스타일의 옷을 입고 싶을 때, '이거라도 좀!'을 붙이면 지금 내가 하는 고민이 조금은 하찮게 느껴져 용기가 생긴다. 마스크 두 겹을 쓴 나를 보며 유난이라 비난하는 사람은 내가 조금만 손을 오래 씻어도 그런 말을 할 사람일 거다. 일, 연애, 우정, 결혼, 출산, 안 그래도 내 마음 같지 않은 큰일이 경상도 말로 '천지삐까리'라고 할 만큼 많은데, 그중 간단한 선택 정도라도 내 마음껏 해야 숨통이 트이지 않을까? 자잘한 걱정이 올라올 때 이렇게 외쳐보자.

"이거라도 내 마음대로 하자, 좀!"

수저받침?
아니 도마 받침

"나는 이렇게 딱 맞는 그릇을 찾으면 너무 희열을 느껴. 아주 웃기는 할머니죠?"

패션디자이너 '밀라논나' 할머니가 유튜브에서 부엌살림을 소개하다 하신 말씀이다. 할머니는 일회용 용기에 딸린 플라스틱 뚜껑을 모았다가 그릇 덮을 때 쓰는데, 그릇과 뚜껑 크기가 딱 맞아떨어지면 그렇게 기분이 좋을 수 없다고 한다. 당신은 웃기다고 하셨지만, 나에게는 우아하게 느껴졌다. 따뜻하고 소박한 할머니 성품이 느껴지는 귀여운 장면이라 종종 찾아본다.

그녀의 외모와 경력만 보면 이탈리아 명품 그릇만 쓸 것 같은데, 남들이 쉽게 버리는 플라스틱 뚜껑까지 서랍에 모아놓다니. 이러니 어떻게 논나를 사랑하지 않을 수 있을까? 나무 숟가락도 멀쩡하면 40년이 넘도록 쓰고, 라벨 떼어낸 주황색 세제 통은 색이 곱다며 음식물 쓰레기통으로 다시 쓴다. 그녀는 책『햇빛은 찬란하고 인생은 귀하니까요』에서 이런 말을 남겼다. "지구 위에 왔다 간 흔적을 가능한 한 남기지 않고 깔끔하게 떠나고 싶다." 누구도 상처 주지 않고 소외시키지 않으려는 배려는 사람뿐 아니라 자연에게까지 이어지고 있었다. 기품, 품위가 어떤 건지 아직 잘 모르겠지만 자연스럽게 밀라 논나가 떠오른다. 플라스틱 뚜껑을 그릇에 맞춰보며 환하게 웃는 모습과 함께.

10년 전에 밀라논나를 봤다면 지금처럼 빠지지는 않았을 것 같다. 그때는 '새것이 주는 기쁨'만 알았지, '새것을 사지 않는 기쁨'은 전혀 몰랐을 때니까. 예전에는 새것이 좋은 줄 알았다면, 지금은 오래 쓴 물건이 주는 뿌듯함을 즐긴다. 쓰레기 줄이기에 관심이 생기니 버리지 않고 다시 쓰는 멋에 자연스럽게 눈길이 갔다. 작은 물건도 애정을 담아 아끼고, 물건을 쉽게 들이지 않고 쉽게 버리지도 않는 사람들이 건강해 보이기 시작했다. 전에는 고무장갑에 구멍이 나면 바로 쓰레기통으로 직행했지만, 지금은 다르다. 손목 부분을 잘라 고무줄로 쓰거나, 손가락 끝 부분은 병마개로 써보기도 한다. 요즘은 우유 팩이 생겨도 버리기 전에 항상 고민한다. '수납할 때 쓸 곳은 없을까? 일단 버리지 말고 놔둘까?'

제로웨이스트를 알게 된 후 여러 물건을 재사용해 봤지만, 그중 가장 뿌듯한 건 '수저받침'을 '도마 받침'으로 재탄생시킨 것이다. 우리 집은 나무 도마를 사용하는데 특별한 거치대를 사지 않고, 10년 전 자취할 때 구매한 작은 도자기 수저받침을 도마 받침으로 활용한다. 수저받침 두 개를 바닥에 나란히 놓고 젖은 나무 도마를 위에 올려놓으면, 물이 떨어질 공간을 확보하면서 도마를 안정감 있게 세워준다. 수저받침이 도마를 살짝 공중으로 띄워주니 건조하기도 좋고, 물기가 있어도 도자기여서 상하지 않는다. 무엇보다 손가락만 한 작은 받침이라 자리를 차지하지 않는 게 가장 좋다. 스테인리스, 나무 등 좋은 소재로 만든 도마 거치대는 많지만, 이 수저받침만큼 단순하고 어디든 놓기 좋은 건 없다. 종종 부엌 사

진을 올리면 "도마 받침 어디 건가요?"라는 댓글이 달리는데, 이런 질문을 받으면 얼른 대답하고 싶어 조바심이 난다. "이거 수저받침인데 도마 받침으로 쓰니 진짜 좋아요! 제가 생각한 거예요!"

지금은 우리 집 부엌에서도 가장 볕이 잘 드는 곳에 둔 수저받침이지만, 사실 이전에는 알라딘 램프의 지니마냥 7년을 어두운 서랍에 있었다. 수저받침은 서울에 올라와 자취를 시작할 때 산 첫 살림이었다. 어릴 때 봤던 드라마에 등장하는 식탁에는 항상 수저받침이 있었고, 가지런히 수저를 올려 식사하는 모습이 세련돼 보여 샀던 물건이다. 하지만 대학 생활이 〈남자 셋 여자 셋〉과 다르듯 진짜 독립을 시작하니 수저받침은 생각보다 손이 가지 않는 물건이었다. 밥하는 것도 귀찮아 전자레인지에 돌린 햇반을 그릇에 옮기지 않고 먹었고, 설거지거리를 줄여야 하니 젓가락만 써서 밥을 먹었다. 귀찮아서 숟가락도 안 쓰는데 수저받침을 꺼낼 리 없었다. 서울에 와서 처음 산 수저받침은 친구가 올 때 꺼내는 집들이 아이템으로 전락했고, 친구를 초대하는 것도 귀찮을 만큼 자취력이 쌓였을 때는 존재 자체를 잊었다.

한 번도 꺼내 쓴 적은 없지만 버리지는 않았다. '아이거 쓰지도 않는데….' 볼 때마다 거슬려도 돈을 벌어산 첫 살림이라 쉽게 버릴 수 없었다. 수저받침은 자취방 두 번, 신혼집 한 번 총 세 번의 이사를 어찌어찌 버텨냈고, 귀여움을 뽐내지 못하고 항상 서랍 속에서 차례를 기다렸다. 이사할 때마다 버릴까 고민했지만 지금 생각해보면 버리지 않아 얼마나 다행인지 모른다. 중간에 정리했다면 이 귀여운 도마 받침을 만나지 못했을 거고, 나의 기특한 아이디어를 자랑할 기회도 없었을 테니까. 지금도 무언가 무작정 버리고 싶을 때마다 생각한다. '이건 제2의 도마 받침이 될 수도 있어! 우선 참아보자!'

쉽게 만들 수 있는 만큼 버리기도 쉬운 세상이라 요즘은 작은 물건 하나에도 쓸모를 고민하는 사람을 보면 반갑다. 종종 SNS에 재활용, 재사용 팁을 올리면 사람들이 실천 인증 메시지를 보내주기도 하는데, 그 모습이 보기 좋고 따뜻해 따로 캡처해둘 때가 있다.

"오늘은 비닐 대신 버리려고 했던 신문지를 써봤어요!"

"유리병을 버리려다 컵으로 써봤는데 너무 뿌듯하네요."

다 큰 어른들이 착한 일을 한 어린아이처럼 설레어하니 내 마음도 같이 말랑말랑해진다. 쉽게 버릴 물건을 고민해서 새롭게 써본 사람이라면 알 거다. 새것을 사면 그 '물건'이 귀하게 느껴지지만, 버리지 않고 무언가를 다시 쓸 땐 '나 스스로'가 귀해지는 것을. 수명이 다할 때까지 물건을 알뜰하게 쓰는 건 지구에 왔던 흔적을 조금이라도 줄일 수 있는 선한 노력이니까. 밀라논나 할머니는 플라스틱 뚜껑을 모으는 자신을 부끄러운 듯 '웃기는 할머니'라 표현했는데, 그렇다면 나는 기꺼이 내 장래희망을 '웃기는 할머니'로 하겠다. 물론 지금도 그때도 새것을 좋아하고 자주 사기도 하겠지만, 버리지 않는 멋 또한 충분히 누리며 나이 들고 싶다. 음식이 담겼던 유리병과 지퍼 백을 깨끗이 모아 손자에게 말해야지.

"나 이런 것도 모아놓는 웃기는 할머니야, 그치?"

서문시장의
새댁이 찬통

달그락달그락. 탁탁. 외출할 때 가방에서 나는 소리. '달그락달그락'일 때도 있고, 휴대폰과 이 물건이 부딪혀 '탁탁' 소리를 낼 때도 있다. 소리의 출처는 바로 나의 외출 동반자 '스테인리스 통'. 장 보러 가면 이 통에 해산물이나 고기를 담아 오기도 하고, 빵집에서 비닐 대신에 담아 오기도 한다. 쓰레기를 줄이기 위해 챙기는 용기지만, 솔직히 말하면 살짝 과시품일 수 있다. 이걸 들고 집을 나서는 순간 환경을 생각하는 힙스터가 된 것 같기도 하고, 지구를 생각하는 이 배려심을 누가 꼭 봐줬으면 싶으니까. 예전에는 가방 속 화장품 파우치가 차지하던 자리를 이제는 스테인리스 통이 채우고 있다.

"각설아~ 어디 가니 각설아~"

남편은 종종 달그락 소리를 내며 돌아다니는 나를 각설이라 부른다. 처음에는 뭐라는 거야, 하고 무시했지만 생각할수록 꽤 일리 있는 별명이다. 가끔 밥통을 흔들며 음식을 얻어 가는 각설이가 생각나 속으로 웃는다. 보릿고개 시절 옆집에 밥 얻으러 가는 아이가 된 것 같기도 하고. 각설이면 어떠하고 육남매 막내면 어떠하리. 이 통 하나만 있으면 쓰레기 없이 음식도 사 오고 뿌듯함까지 얻을 수 있다. 처음에는 불편하기도 했지만, 이제는 장을 보러 갈 때면 자연스럽게 통을 챙겨 나간다. 달그락달그락 소리 없이 걷는 날은 오히려 허전하다.

자주 들고 다니는 스테인리스 통은 친정에 갔을 때 대구 서문시장에서 우연히 발견했다. 휴대하기 좋은 용기를 하나 찾고 있었는데 그릇 가게에서 이 스테인리스 통이 눈에 띈 것이다. 어릴 적 엄마들이 김치 통으로 많이 쓰던 스테인리스인리스 용기인데 손에 드는 순간 느낌이 딱 왔다. "아, 이거다!" 두드리면 나는 경쾌한 '통통' 소리만큼 가벼운 무게. 단단한 잠금장치로 밀폐력이 좋

은 것도 마음에 쏙 들었다. 일회용품을 쓰지 않으려고 유리 반찬통을 휴대한 적이 있었는데, 무거우니 자꾸 집에 두고 나갔다. 밀폐력이 좋지 않은 용기는 떡볶이 같은 국물이 자작한 음식을 담으면 새어 나오기도 했다. 딱 찾고 있던 무게, 사이즈, 밀폐력인데 가격도 9,000원이라니. 사지 않을 수가 없지. 우연히 만난 예스러운 시장 스테인리스 통은 그렇게 내 반려 용기가 됐다.

　"그 통 어디서 살 수 있나요?" "사이즈가 어떻게 돼요?" 인스타그램에서 스테인리스 통 때문에 나를 알게 된 사람이 꽤 있을 정도로 나의 반려 용기는 시그니처 콘텐츠가 됐다. 의도한 건 아닌데 스테인리스 통에 워낙 자주 떡볶이, 조개, 순대, 아이스크림, 마라탕 등 여러 음식을 담아 오니 사람들이 정체를 궁금해하기 시작했다. 처음에는 다들 집에 용기가 많을 텐데 괜한 소비를 부추기는 건 아닌가 싶어 정확한 구매처를 말하지 않았다. 그런데 어느 날 이런 생각이 들었다. 나도 마음에 드는 용기가 생긴 후에야 습관처럼 자주 사용하게 된 것을. 가벼운 스테인리스 통을 찾고 나서 휴대하는 습관이 생겼고, 쓰레기 없이 가뿐하게 음식을 사 오면 스스로 기특해 더 잘 챙겨 다니긴 했으니까. 사고 나서 행복한 물건은 많지만 스스로가 자랑스러워지는 물건은 드물다. 이 스테인리스 통이 다른 누군가에게도 뿌듯함을 선물할 수 있다면 공유해도 좋지 않을까 용기가 생겼다.

"○○상가 ○호에서 파는 지름 18cm 스테인리스 통이에요!"

온라인에서는 똑같은 제품이 무엇인지 확실하지 않아 내가 구매한 서문시장 매장 위치와 상호를 바로 알려드렸다. 위치가 대구고 직접 가야 하니 몇 명이나 살까 했는데 생각보다 꽤 많은 분이 바로 인증 사진을 보내주셨다.

"유정 님, 오늘 가서 스테인리스 통 사 왔어요! 진짜 가볍고 저렴하네요."

"서문시장 간 김에 칼국수도 먹고 덕분에 엄마랑 잘 놀고 왔어요."

그냥 갔다 와도 될 텐데 다들 마음에 든다, 고맙다고 다정하게 메시지를 보내주니 내가 더 감사했다. 오랜만에 시장에 가니 어릴 때 생각도 나고 가족과 좋은 시간을 보냈다는 말을 들으니 나도 함께 흐뭇했다. 스테인리스 통 정보를 올리고 며칠이 지났을까? 흥미로운 메시지가 왔다.

"유정 님, 그거 아세요? 지금 서문시장에서 스테인리스 통을 '새댁이 찬통'이라고 불러요! 제가 스테인리스 통 앞에서 기웃거리니까 그러더라고요. 새댁이 찬통 사러 왔냐고!"

사람들이 꽤 찾아왔는지 사장님이 내가 산 스테인리스 통에 이름을 붙여놓으셨다. 누군가가 젊은 새댁이 인터넷에 올려서 사러 왔다고 설명해줬는지 '새댁이 찬통'이라 지으신 거다. 가게에서 스테인리스 통을 찾으면 사장님은 이렇게 말씀하신다고.

"새댁이 찬통 찾으시네. 창고에서 새댁이 찬통 더 가져와라. 요즘 이거 사러 다른 지방에서도 오고 그런다니까요. 누가 인터넷에 올렸는지 고맙지, 고마워."

역시 수십 년 시장 장사로 다져온 사장님의 마케팅 능력은 무시할 수 없다. 새댁이 찬통이라니! 어떻게 이런 찰떡같은 이름을 붙이셨을까? 반찬통 앞에 새댁을 붙이니 새댁이라면 꼭 사야만 할 것 같은 느낌도 나고, 소리

내어 읽어봐도 음이 귀엽다. '새댁이 찬통'의 '새댁'이 되는 영광을 언제 누리겠나. 기회가 되면 사장님을 찾아가서 말하고 싶다.

"사장님 제가 '새댁이 찬통'의 '새댁'이에요!"

딱딱. 손에 힘이 들어가 조금 불편하기도 하지만 스테인리스 통 잠금장치를 닫을 때 나는 둔탁한 소리도 좋다. 단단하게 닫히는 손맛도 좋고. 새댁이 찬통이라는 이름이 생기니 가방 속 달그락달그락 소리가 더 귀엽게 느껴진다. 이름처럼 그런 날이 오면 어떨까? 필수 혼수 리스트에 새댁이 찬통이 올라가는 날. 웨딩카페 결혼 필수 구매 리스트에 세탁기, 건조기, 수저 세트, 칼 세트 뒤쯤 새댁이 찬통이 한자리를 차지하는 거다. 반려 용기가 살림 필수품이 되길 바라며 오늘도 스테인리스 통을 닦고 챙겨 나간다.

뒷면을 보는
여자

마트에 가면 혼자 은밀하게 즐기는 일이 하나 있다. 물건을 뒤집어서 제품 뒷면 확인하기. 무언가 살 것이 생기면 우선 진열대 앞에 서서 전체적으로 둘러본다. 그리고 상표가 다른 두 제품을 꺼내 양손에 쥐고, 뒷면에 적힌 성분표를 지긋이 응시한다. 이때 "아, 이건 ○○을 썼구나." "이건 국산이네." 옆 사람에게 살짝 들릴 만큼 혼잣말도 곁들여줘야 한다. 이렇게 뒷면을 보고 있으면 설탕 하나 함부로 사지 않는 야무진 살림꾼이 된 것 같은 느낌에 우쭐해진다. 아무도 쳐다보지 않고 관심도 주지 않지만 마트 한구석에서 서서 진지하게 분석한다. 이것이 나만 아는 마트 구석탱이 도도한 살림꾼 놀이다.

살림을 시작하고 재료 살 일이 생기니, 자연스럽게 성분표 보는 법이 궁금해졌다. 간장을 사려 해도 '조선간장' '양조간장' '진간장' 종류도 다양하고 브랜드도 수십 가지니 마트를 갈 때마다 혼란스러웠다. 식초도 '사과 식초' '현미 식초' '두 배 식초' 얼마나 종류가 많은가? 매번 고민만 하고 대충 골라 오는 일상을 반복하다가, 어느 날 날 잡고 노트북 앞에 앉아 검색을 시작했다. 역시 이래서 사람은 죽을 때까지 배워야 한다고. 유튜브를 조금 찾아봐도 유익한 콘텐츠가 많았고, 좋은 상품을 고를 수 있는 팁들도 어렵지 않았다. 어릴 때도 지금도 배운 건 바로 아는 척해야 제맛이지. 마트만 가면 자꾸만 제품을 뒤집고 싶어질 팁 몇 가지를 공유한다.

◦ 올리브오일

올리브오일은 병에 정확한 '산도(acidity)'가 적힌 게•좋다. 올리브오일 중 산도가 0.8% 이하면 엑스트라 버진이고, 0.8~2.0% 사이는 버진급이다. 버진은 처음 짜내서 만든 기름이란 뜻이고, 엑스트라 버진은 그중에서도 산도가 0.8% 이하인 제품. 엑스트라 버진 중에서도 산도가 0.1, 0.2%인 고품질이 있다. 손상된 올리브로 기름을 만들면 중성지방 구조가 깨져 산패하기 쉬운데, 이걸 알아볼 수 있는 게 산도고 숫자가 낮을수록 좋다. 산패된 기름이 몸에 들어오면 염증을 유발할 수 있기 때문에 산도가 낮을수록 산패로부터 안전하다.

그리고 저온에서 압착된 오일이 좋다. 저온에서 짜면 양은 적어도 영양 성분이 잘 보존된 좋은 기름을 얻을 수 있기 때문. 유럽의 엑스트라 버진은 27℃ 이하로 작업해야 하는 기준이 있어, 꼭 'cold'가 적혀 있지 않아도 저온 압착 오일인 경우가 많다. 쉽게 말해 올리브오일은 겉에 적힌 것이 많을수록 좋다. 산도, 압착 방식 등 라벨에 자랑이 많은 오일을 고르자.

○ 간장

우선 간장 뒷면에 적힌 식품 유형을 봐야 한다. 유형은 대략 네 가지가 있는데 한식 간장, 양조간장, 산분해 간장, 혼합 간장이다. 한식 간장은 옛날 방식 그대로 '콩'으로만 만든 간장이고, 양조간장은 콩 발효만으로는 시간이 오래 걸리니 '밀'과 '보릿가루'를 더해 발효 시간을 단축한 공장식 간장을 말한다. 포인트는 '산분해 간장'에 있다. 산분해 간장은 양조간장보다 더 효율적으로 만들기 위해 탈지 대두에 염산을 더해 만든 간장이다. 전문가 말로는 발효보다는 분해에 가까운 과정이라 한다. 단백질 분해율이 높아 감칠맛은 풍부하고 값은 더 저렴하다. 혼합 간장은 이 산분해 간장과 양조간장을 섞은 간장이다.

염산이라면 무섭게 느껴지지만 산분해 공법은 마요네즈, 물엿, 시럽에 두루두루 사용하는 기술이다. 우리나라 식품 규정이 꽤 까다로운 편이라 인체에 치명적이었다면 지금까지 쓰지 못했을 거다. 누가 공짜로 준다면 산분해 간장도 반갑게 먹지만, 내가 직접 살 때는 그래도 산분해나 혼합 대신 양조간장으로 골라온다. 간장은 대표적인 발효 식품이기 때문에 좀 더 시간을 들여 만들었다고 생각하면 마음이 좀 편해진다.

간장 뒷면에서 두 번째로 봐야 할 부분은 총 질소 함량을 뜻하는 'TN지수', 즉 단백질 발효 지수다. 간장은 펩타이드와 아미노산으로 잘 분해되어야 감칠맛이 좋아지는데, 그걸 이 TN지수로 판단할 수 있다. 숫자가 높을수록 깊고 풍부한 맛이 난다. TN 값이 1.0% 이상이면 표준, 1.3% 이상이면 고급, 1.5% 이상이면 특급 간장이다. TN이 '높을수록 감칠맛' 이것만 기억하고 마트를 가보자. 간장마다 뒷면을 보는 일이 얼마나 흥미진진한지 모른다.

◦ **식초**

사과, 포도 같은 당도 높은 과일을 이스트 발효해서 술을 만들고 이 술을 한 번 더 2차 발효하면 식초가 된다. 정석대로 만든다면 아주 시간이 오래 걸리는 조미료이기 때문에 식초 뒷면에서 체크할 포인트는 바로 '주정'이다. '당-술-식초'로 이어지는 발효 과정이 길어 술부터 발효를 시작하는 식초가 많은데, 이런 식초 원재료에는 '주정'이 적혀 있다. 주정 식초는 과일 발효 없이 첫 재료가 에탄올이다. 그렇다고 해로운 식초는 절대 아니지만 좀 더 자연스럽게 만들어진 것에 마음이 가기 마련이다. 스스로 생각해도 술은 그렇게 마시면서 주정 식초는 고르지 않는 것이 아이러니하지만. 에탄올은 식초가 아닌 맥주로 마시련다.

한 가지 더 알아두면 좋은 정보. 상표명이 '사과 식

초'라고 해서 주정 식초가 아닌 건 아니다. 유튜브를 보고 마트에서 식초를 살펴보니, 사과 식초라고 적혀 있는데 주정이 포함된 제품이 있었다. 알고 보니 이런 식초는 주정 식초인데 '사과 향'을 더한 제품. 그러니 사과를 발효시킨 것이 아닌 주정 식초에 사과 느낌만 더한 것이다. 사람도 식초도 겉모습에 속지 말아야 한다. 꼭 그 이면을 잘 살펴보자.

◦ 맛술과 미림

어느 날 너무 궁금했다. 과연 맛술은 뭐고 미림은 뭘까? 어떤 레시피에는 잡내 제거를 위해 맛술이 쓰이고, 어떤 건 또 미림이 쓰인다. 신기한 건 궁금해하면서도 2년 넘게 절대 알아보지는 않았다는 것. '둘의 차이는 뭐지….' 생각만 하며 레시피대로 맛술과 미림을 써오다가 어느 날 문득 궁금해져서 자세히 알아보았다.

맛술과 미림의 차이는 간장과 식초 정보보다 더 흥미로웠다. 둘 다 우리나라에서 잡내 제거를 위해 쓰는 건 같지만, 원재료가 전혀 달랐다. 가장 놀라웠던 건 맛술은 술이 아니어서 알코올이 거의 없다는 것. 맛술은 뜻밖에도 '식초'가 주성분이었고, 미림이야말로 도수가 14도인 진짜 술이었나. 맛술에 술이 없는 이유를 알면, 미림과 맛술의 차이가 보인다.

우리나라에서 요리에 술을 쓰면 재료의 잡내를 제거할 수 있다는 상식이 일반적이다. 하지만 해외에서 술은 오히려 향을 퍼뜨려 풍미를 높여주는 조미료로 많이 쓰인다. 이건 꽤 과학적인 근거가 있는데, 알코올에는 물 분자 결합을 느슨하게 만들어 냄새 분자를 더 퍼뜨리는 성질이 있다. 그래서 스테이크에 와인을 쓰면 풍미가 더 좋아지고 와인 속 신맛, 단맛, 떫은맛이 조미료 역할을 한다. 잡내 제거는 유독 우리나라에서만 퍼진 상식이고, 다른 나라에서는 술은 오히려 향을 강화하기 위해 사용한다.

우리나라에서 맛술은 대부분 냄새 제거를 위해 쓰이니, 그래서 굳이 술을 담지 않은 것 같다. 술은 안 좋은 향까지 더 짙게 만들 수도 있고, 생선 비린내 제거에는 산성이 더 효과적이니 술 대신 식초가 주성분인 거다. 생선 비린내는 어패류가 부패하면서 생기는 트리메틸아민에 의해 나는데, 이건 알칼리성이라 산성으로 중화할 수 있다. 그래서 식초가 맛술의 주성분인 것. 인터넷을 찾아

보니 우리나라에서는 '잡내 제거=알코올'이 공식처럼 퍼져 '이름만' 맛술이라 붙인 것 같다는 전문가 의견이 꽤 많았다. 미림은 오히려 이름에 술이 없지만 14도 소주와 비슷한 도수를 가진 진짜 술이다. 알코올은 재료 속 향을 풍성하게 만들어주는 데다 미림 속 아미노산과 단맛은 감칠맛을 내주는 조미료여서 향이 중요한 음식을 만들 때는 미림을 쓰면 된다. 나만 몰랐던 게 아닌지, 이 내용을 정리해 SNS에 올린 날 이런 댓글이 많이 달렸다.

"잡내 없애려고 맛술 부었더니 신맛이 나서 못 먹었어요."

"어쩐지 맛술에 신맛이 많이 나더라."

이미 여러 번 읽어서 알고 있지만 여전히 마트만 가면 괜히 간장, 식초, 미림 뒷면을 살펴본다. 옆에 있는 남편을 붙잡고 "이것보다 이게 TN지수가 높네. 이 숫자가 높으면 감칠맛이 더 좋거든. 알지?" 하고 아는 척을 해본다. 가끔 이런 생각도 한다. "그거 보면 뭘 알 수 있어요? 어떤 간장이 좋아요?" 누가 물어봐주었으면. "아, 이게 말이죠. 이건 산분해 간장인데…" 언젠가 TMI를 맘껏 뽐내고 싶다.

← 간장

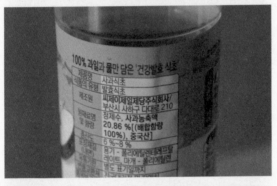

← 식초

← 미림

안 살 수 없다면
필요한 곳에라도

결혼 후 살림을 시작하며 알게 됐다. 살림을 잘하는 사람은 요리를 잘하는 사람도, 가계부를 쓰는 사람도, 좋은 살림살이를 많이 가진 사람도 아니라는 것. 진짜 살림 고수는 '집에 물건을 채우지 않는 사람'이었다. 계절이 바뀔 때마다 곡소리가 나온다.

"아, 이제 진짜 사지 말자! 오빠도 이제 안 쓰는 것 좀 들고 오지 마!"

수납장과 옷장에 꽉꽉 찬 잡동사니를 보면 절로 한숨이 나오고, 서로 네 물건이 더 많네 탓하기 시작하면 돌이킬 수 없는 싸움이 시작되니 무조건 말조심해야 한다. 이사도 생각해봤지만 이사가 답이 아니란 걸 안다.

공간이란 게 그렇더라. 넓으면 그 여백을 즐기는 게 아니라, 거기에 맞춰 물건을 또 채워 넣게 된다. 사람이 참 어리석지. 정리할 때마다 매번 후회하지만 시간이 지나면 비운 만큼 물건을 다시 쌓는다. 내 살림이 생긴 뒤에야 알았다. 짐을 늘리지 않는 게 진짜 고수란 걸.

짐 고민은 나만 하는 게 아닌지 중고 거래 어플 '당근마켓'은 성공 수준을 넘어 이제 일상으로 자리 잡았다. "당근 다녀올게." 당근을 일반명사로 쓴 지도 오래. 당근마켓은 한 해 중고 거래 건수가 1억 5,000만 건을 돌파했고, 이걸로 5,240만 그루 소나무를 심은 자원순환 효과가 생겼다고 한다. 당근 어플을 들어갈 때마다 생각한다. 우리 집만큼 다른 집도 참 뭐가 많구나. 즘은 당근으로 새 주인 찾기가 쉬우니 그나마 참 다행이다. 하지만 중고 거래도 부지런한 사람이나 하지 나같이 게으른 인간은 이마저도 쉽지 않다. 처음에는 용돈 버는 것 같아 재밌게 곧잘 했지만, 사진 올리고 약속 잡고 또 시간 맞춰 나가 거래하는 게 생각보다 힘들었다. 가끔 좋은 마음으로 나갔다가 예의 없는 사람을 만나면 속상하기도 했다. 그래서 집에 쌓인 이 물건들을 처리할 다른 방법이 없나 찾아

보니 생각보다 꽤 좋은 경로가 많았다. 필요한 곳에 물건을 주는 동시에 기부도 할 수 있다. 지금부터 안 쓰는 물건에 새 주인을 찾아주는 팁을 공유한다.

◦ 현관문에서 기부 가능한 '굿윌스토어'

이제 안 입는 옷과 사용하지 않는 가방, 신발 같은 것들은 사회적 기업 굿윌스토어에 기부하자. 사람들이 기부한 물건으로 장애인 일자리를 창출하는 곳인데, 찾아보면 오프라인 매장도 꽤 많다. 굿윌스토어로 물건을 정리하게 된 이유는 직접 가지 않아도 기부를 할 수 있어서다. 기부품 양이 꽤 많고 현장 수거가 가능한 지역이면 직원분이 직접 와서 물건을 수거해 가신다. 픽업 지역이 아니라면 무료 택배 신청이 가능하다. 택배 기부를 요청하면 택배 기사님이 방문해 수거해 가신다. 물건을 모아 온라인으로 기부 신청하고, 현관문 앞에 두기만 하면 되니 간편하고 시간도 절약된다. 수거 후 영수증 처리가 된 기부금 금액을 문자로 보내주는데, 금액이 은근 적지 않은 것도 하나의 재미다. 안 쓰는 물건을 정리했을 뿐인데 좋은 일도 하고 이득도 본 느낌. 집을 정리하고 싶거나

이사를 앞두고 있다면 강력 추천한다.

◦ 처치 곤란 핸드폰은 자원순환센터 '나눔폰'으로

집집마다 안 쓰는 핸드폰이나 충전기를 모아놓은 상자가 있을 거다. 우리 집에도 대한민국 핸드폰 역사를 알 수 있는 상자가 있는데, 가장 오래된 폰은 남편이 어릴 때 쓰던 모토로라 스타텍이다. 핸드폰은 개인정보가 들어 있는 전자기기라 마음 편히 처리하기가 참 어렵다. 알아보니 환경부 설립허가 비영리공익법인 한국전자제품자원순환공제조합에서 '나눔폰'이란 제도를 운영하고 있었다.

나눔폰은 폐휴대폰을 기부받아 안쪽 금속 물질은 자원으로 재활용하고, 유해 물질은 매뉴얼에 따라 안전하게 처리한다. 핸드폰 자체를 분리, 파쇄하니 개인정보 유출 걱정도 없고 자원을 재활용해서 발생한 이익금은 취약계층 지원에 쓰인다 하니 일석이조다. 기부금 영수증 신청도 물론 가능. 기부 방법도 간단한데 온라인으로 기부 신청한 후 착불로 택배를 보내면 끝이다. 핸드폰, 충전기는 물론 지금은 잘 쓰지 않는 오래된 배터리도 기부할 수 있다.

◦ 안 쓰는 일회용품, 헌 수건, 이불은 '유기동물 보호소'

제로웨이스트를 시작하고 생긴 고민 중 하나는 더이상 쓰지 않는 일회용품을 어떻게 처리할 것인가였다. 아까워서 계속 쓰자니 손이 가지 않았고, 또 멀쩡한 걸 버리자니 괜한 쓰레기가 되어 고민이었다. 그래서 방법을 찾다 유기동물 보호소에서 일회용품이 많이 필요하다는 이야기를 들었다. 워낙 많은 동물을 돌봐야 하는 곳이라 물티슈와 헌 수건이 많이 쓰인다. 또 '굿윌스토어'나 '아름다운가게'에서 받지 않는 이불도 유기묘, 유기견을 돌보는 곳에서는 꼭 필요한 물건이다. (단, 솜이불은 받지 않는 곳도 있다.) 동물들 보금자리 관리를 위해 청소 세제, 세탁 세제도 많이 쓴다고 하니 혹시 안 쓰는 세제가 있다면 보내도 좋을 것 같다.

계절이 바뀌고 옷장을 정리할 때마다 생각한다. 역시 안 사고 안 채우는 게 답이라고. 하지만 정말 쉽지 않다. 정리 전문가 곤도 마리에처럼 미니멀한 삶을 살면 좋겠지만 그건 정말 판타지라는 걸 매번 느낀다. 최대한 필요한 것만 사보려고 노력하되 그래도 남는 물건이 있다면, 필요한 곳에 보내는 정성을 다해본다.

마음을 흔드는
문자

'파격 할인' '세일' '가격 인하' 자극적인 단어가 가득한 광고 문자에 쉽게 흔들리지 않는 나지만, 나도 모르게 항상 반응하는 광고가 하나 있다. 바로 우리 동네 '한살림' 매장 소식이다. 자존심이 상하는 건 별다른 이미지나 링크도 없는 "아카시아 꿀 36,000원 → 33,000원." 이런 간단한 몇 줄에 마음이 흔들린다는 것. '봄 채소가 들어왔나? 가볼까?' '원래 5,000원인데 2,000원이나 할인하네?' 한살림 문자만 보면 무언가에 이끌린 듯 주섬주섬 장바구니를 챙긴다.

동네 시장이나 마트도 가지만 요즘은 한살림 같은

'생협'을 같이 이용하려 한다. 생협은 식품과 공산품을 조합원끼리 나누는 형태의 생활협동조합으로 주로 국산과 유기농을 취급한다. 마트에 가면 수입산밖에 없는 레몬도 생협에는 제주산 유기농 레몬이 있다. 생협에 가면 상품 뒷면을 보는 것도 재밌다. 미숫가루 같은 제품도 뒷면을 보면 재료와 생산 농가에 대한 설명이 꽤 자세히 나와 있다. 내 먹거리의 고향과 주인을 알면 먹는 행위에 대한 태도도 달라진다. 다른 의심 없이 마음 편히 먹을 수 있고, 농사 지은 사람이 누군지 알면 더 귀한 마음으로 맛보게 된다. 마트에서는 물건을 '사는' 기쁨만 있었다면, 생협은 물건을 '아는' 기쁨도 있는 공간이다.

유기농을 챙긴다 하니 깐깐하고 경력 있는 살림꾼 같겠지만, 유기농을 따지게 된 건 사실 얼마 안 됐다. 환경 잡지 《바질》의 유기농 편을 읽은 후 열심히 생협을 찾게 됐는데, 그전에는 주로 마트와 시장만 이용하고 유기농은 관심 밖이었다. 식재료를 살 때 가장 중요시했던 건 오직 상태와 적당한 가격이었다. 전에는 유기농을 이렇게 생각했었다.

'유기농까지 따져 먹는 건 나한테 오버야. 사치지.'

'유기농이라고 많이 다르겠어?'

이랬던 내가 달라진 건 《바질》을 읽고 난 후부터다. 원래 그 잡지를 챙겨 읽는 편은 아니었는데, 우연히 들어간 상점에서 초록색 표지가 눈에 들어왔다. 마침 식재료를 공부해보고 싶기도 했고, 표지가 예뻐 별생각 없이 사 왔는데, 이 잡지 덕분에 우리 집 식탁에 많은 변화가 찾아왔다. 부끄럽지만 잡지를 읽기 전까지는 환경과 유기농이 이렇게 밀접한 연관이 있는 줄 몰랐다. 그저 눈앞에 보이는 플라스틱 줄이기만 생각했는데, 거기에 갇혀 정작 큰 그림을 보지 못했던 것. 땅은 작물을 길러줄 뿐 아니라 지구를 뜨겁게 만드는 탄소를 분리해 저장하는 역할도 하는데, 그 양이 절대 적지 않다. 유기농 재배를 한 건강한 땅은 1ha당 900~2,400t의 탄소를 저장하는 반면, 농약과 화학비료를 쓴 관행 농업 경작지는 고작 200~400kg 정도만 저장할 수 있다. 절반은커녕 유기농 경작지의 0.02%밖에 안 되는 양이다. 그러니 농약으로 땅은 점점 황폐해지고 지구는 뜨거워질 수밖에 없다. 땅이 없어지면 단순히 농사만 못 짓는 게 아니다. 그냥 사람 자체가 살 수 없는 곳이 된다.

아이러니하게도 땅이 황폐해질수록 사람은 농약과 비료를 더 많이 쓴다. 농약을 쓰기 시작하면 땅을 비옥하게 해주는 미생물이 사라지는데, 그러면 땅은 점점 더 자생력을 잃어간다. 시간이 돈인 요즘 같은 세상에 땅이 회복하는 걸 마냥 기다려줄 수 없으니 인위적인 영양분인 화학비료를 뿌린다. 정리하면 농약과 화학비료를 뿌리는 이 과정을 계속 반복하다가 결국 땅은 약발도 안 먹힐 만큼 메말라 손쓸 수 없어진다. 마치 사람이 같은 약을 자주 먹으면 내성이 생기는 것처럼. 이건 농약과 비료를 사기 위해 돈은 돈대로 쓰고 앞으로 먹고살 경작지까지 잃는 꼴이다. 소비자와 생산자는 이 악순환을 알면서도 한순간 풍작을 위해 땅을 제물로 바치고 있다.

단순히 눈에 보이는 쓰레기 줄이기만 알던 나에게 환경 잡지는 꽤 인상 깊은 자극을 줬다. 환경뿐 아니라 다른 문제도 한 발짝 떨어져 넓게 봐야겠다는 생각이 들기도 했다. 잡지에서 본 내용을 SNS에 올리니 꽤 많은 분이 공감해줬고, 그러다 직접 유기농 재배를 하는 농부분과 인연이 생겼다. 어느 날 내 글을 보고 경북 성주 유기농 참외 농가에서 연락을 주신 것이다. 나에게 유기농 재배 과정과 유기농 참외를 자세히 소개하고 싶다고 하셨다. 마침 유기농을 좀 더 공부하고 싶었던 때라 날 좋은 5월에 부모님을 모시고 농장을 찾아갔다.

"유기농 인증을 받으려면 농약, 화학비료도 쓰면 안 되지만 호르몬제도 쓰면 안 돼요. 관행 농법에서는 호르몬제를 수정시킬 때도 쓰고, 작물을 크게 만들고 색을 진하게 만들 때도 많이 씁니다."

유기 농법을 주제로 한 시간 정도 인터뷰를 했는데, 그때 가장 놀란 부분은 '호르몬제'다. 무농약 마크가 붙어 있는 재료를 사고 무항생제 고기를 골라 사면서, 작물에 쓰이는 호르몬제는 단 한 번도 생각해본 적이 없었다. 유기 농법에서는 꿀벌을 키워 자연수정을 유도하지만, 관행 농법은 호르몬제 약품을 사용해 인공 수정을 한다. 인공 수정뿐만 아니라 재배 과정에서도 호르몬제를 쓰면 작물 크기를 더 키우고 색도 선명하게 만들 수 있다. 물론 사람에게 치명적인 거였다면 절대 쓰이지 않았겠지만, 그래도 자연스러운 게 더 건강하게 느껴지는 건 어쩔 수 없다. 유기농 참외가 열리는 비닐하우스에 들어가니 가장 먼저 들린 건 윙윙 벌 소리였다. 하우스 한쪽 벌통에 벌이 살고 있는데 이 벌들이 참외 꽃 사이를 날아다니며 씨를 뿌려 수정하는 거라고 했다.

"우리는 농약 대신 천적을 써요. 벌레마다 천적이 다 있거든요? 여기 보이죠? 진딧물이 생기면 무당벌레를 가져다 놓는 식인데, 예전에는 이 천적을 몰라 고생을 진짜 많이 했어요."

유기 농법을 지켜나가는 농부들은 농약이 아닌 천적을 활용해 농사를 짓고 있었다. 유기농이라 해놓고 다 농약을 친다더라, 하는 이야기를 많이 들었었는데, 현장에서 직접 보니 믿음이 갔다. 농약 검출 검사도 간단하지 않았다. 작물 수확 직전 인증 기관에서 나와 참외를 가져가 검사하기도 하지만, 수시로 생협 관계자가 나와 불시에 검사하고 있었다. 유기농 인증을 받기 위해서 쉽게 농약을 쓸 수 없는 구조다.

"유기농 이래 어려운 건 내 처음 알았다."

인터뷰가 끝나고 돌아오는 차 안에서 아빠가 말했다. 직접 본 유기 농법은 약을 안 치는 것도 힘들지만, 무엇보다 재배할 수 있는 땅 찾기부터 고난이었다. 농약을 사용하던 관행 농업 땅이 유기 농업이 가능한 땅으로 바뀌려면 최소 2년이 걸린다. 그만큼 농약은 쉽게 사라지지 않는 약품이다. 땅 깊숙이 남아 있는 농약이 계속 나와 유기농 인증을 받는 데 총 8년이 걸린 분도 있다는 이야기도 들었다. 바꿔 말하면 유기농으로 돈을 벌기까지 최소 2년에서 8년도 걸릴 수 있다는 말. 그동안 생계유지는 보장되기 어렵다. 그러니 농부에게 유기농은 어려운 도전이고 신념이 없으면 쉽게 할 수 있는 일이 아니다. 소비자가 유기농을 찾지 않으면 이 농법을 유지할 농가는 적어질 수밖에 없고, 건강한 땅은 더 찾기 힘들어진다.

집으로 돌아오는 길에 하우스에서 직접 따 선물해주신 참외를 가만히 봤다. 약을 쓰지 않으니 일반 참외보다 줄무늬가 선명지도 않고, 크기도 제각각 모두 달랐다. 유기농을 알기 전이라면 알이 크고 무늬가 고른 걸 더 좋아했겠지만, 어쩐지 이제는 조금 작지만 알찬 이 참외에 더 정이 갔다. 그렇다고 맛이 덜한 것도 아니다. 이 농장의 참외를 주변에 선물하면 다들 재주문할 만큼 당도가 높다. 택배를 받으면 아파트 복도에 짙은 단 향이

퍼질 정도. 호르몬제가 아닌 꿀벌이 씨앗을 뿌려준 참외, 농약이 아닌 벌레가 해충을 잡아준 참외란 걸 알면 더는 모양이 중요하지 않다.

가끔 유기농을 말하면 "지구를 위해 좋은 생각이네요. 선한 생각이에요."라는 댓글을 받는데 이런 이야기를 들으면 멋쩍다. 미래의 지구, 후대에 물려줄 환경이라는 거창한 생각보다는 사실 유기농을 알면 알수록 내 건강을 위해 챙겨야겠다는 생각이 더 커졌기 때문이다. 농약과 호르몬제를 쓴 참외보다 자연스럽게 자란 작물이 몸에 안전하고, 또 유기농 작물을 계속 소비해야 나와 내 가족을 위한 유기농이 사라지지 않을 테니까. 철저히 이기적인 생각으로 유기농을 선택했기에 요즘은 칭찬이 부끄럽기도 하다.

"유기농 현미 2kg, 20% 할인." 자존심 상하지만 어제도 이 간단한 광고 문자에 흔들려 현미를 사러 갔다. 유기농인데 마트에서 파는 관행 농업 제품보다 더 저렴하게 담아 온 날은 돈을 쓰고도 덤을 얻은 것 같은 기분이다. 조금이나마 환경에 필요한 일을 했다 생각하면 뿌듯하기도 하다. 이제 처서가 지났으니 가을 채소가 들어오는 날에 또 한번 가야지. 약 없이 자연의 힘으로 자란 채소와 과일에는 작지만 옹골찬 에너지가 있다.

가격 좋은 한살림 유기농 제품 추천

예전엔 유기농은 무조건 비싸다고 생각했었는데 생협을 이용하며 깨달았다. 생각보다 일반 마트에서 파는 제품과 비슷한 가격의 유기농 제품이 많다는 걸. 내가 자주 이용하는 생협은 '한살림'이다. 한살림은 조합원과 생산자가 직접 만나 생산 계획부터 같이 세우는데, 재배 전부터 가격도 함께 책정해 계약하는 '계약 재배' 시스템으로 운영한다. 그래서 크고 작은 이슈에도 큰 변동 없이 소비자에게 안정적인 가격으로 공급할 수 있다. 자연재해나 시중 가격 폭락으로 가격 조정이 필요할 때는 가격안정기금(판매액의 1%를 기금으로 조성)을 이용해 기존 가격을 유지한다. 물가가 빠르게 오르는 요즘 같은 때는 오히려 생협 유기농 채소가 저렴하기도 하니 잘 이용해보자. 다음 가격표는 2022년 9월 기준으로 작성했다.

+ 국산 콩 두부

— 한살림: 420g / 2,150원

— 유명 온라인 몰: 300g / 1,900원

— 대기업 제품: 600g / 5,950원

+ 콩나물

— 한살림: 300g / 1,450원

— 유명 온라인 몰: 250g / 1,500원

+ 유정란

— 한살림: 15구 / 6,600원

— 유명 온라인 몰: 동물복지 유정란 15구 / 7,500원

* 사육환경번호 2번 제품으로 비교한 결과다.

* 한살림은 항생제, 산란촉진제, 성장호르몬제 등을 넣지 않은 무항생제
  사료를 사용한다.

+ 유기농 우유

— 한살림: 900ml / 4,200원

— 대형마트 PB 상품: 유기농 인증 우유 750ml / 4,072원

+ 국산 참기름

— 한살림: 150ml / 20,800원

— 대형마트 PB 상품: 160ml / 27,900원

+ 국산 들기름

— 한살림: 150ml / 12,300원
— 대형마트 PB 상품: 160ml / 15,900원

+ 각종 유기농 채소

	한살림	유명 온라인 몰
쌈채소	200g / 2,600원	200g / 5,490원
깻잎	30장 / 1,300원	30장 / 1,780원
오이	3개 / 2,450원	2개 / 4,290원
애호박	1개 / 1,850원	1개 / 4,250원
양파	1kg / 2,900원	1kg / 3,990원

모든 생협은 첫 가입 때 조합원으로서 내야 하는 가입비가 있지만 콩나물, 두부, 달걀 같은 자주 먹는 재료들이 저렴하니 자주 이용한다면 가입비는 그리 부담스럽지 않게 느껴진다.

여름이 오면 동치미 육수는 꼭 여러 개 사두자. 고기가 아닌 동치미로 만든 육수라 깔끔하고, 냉장고에 채워두면 도토리묵국수, 미역냉국 등 여러 요리로 활용할 수 있다. 내가 좋아하는 구성은 한살림 동치미 육수에 한살림 메밀국수 말아 먹기. 마트에 파는 메밀면은 대부분 밀가루가 섞였는데, 한살림 제주순메밀 국수는 제주산 메밀만

들어가서 쫄깃하다. 카카오파이도 꼭 드셔보시길! 초코파이의 고급 디저트 버전 같은데 살짝 지치는 오후에 아이스 아메리카노 한 잔과 먹기 딱 좋은 간식이다.

저녁 살림

살림 명상,
신문지 접기

그런 날이 있다. 할 일은 많은데 몸은 움직여지지 않고 마음의 부담만 늘어날 때. 온갖 생각이 꼬리에 꼬리를 물고 이어지다 결국 지구 멸망 같은 말도 안 되는 걱정까지 할 때. 이렇게 머리가 복잡한 날은 우선 창문을 열고 답답한 집 안 공기부터 바꾼다. 숨 쉴 때 들어오는 공기가 다르면 같은 장소도 좀 다르게 느껴지니까. 그리고 베란다로 가서 모아둔 신문지를 들고 거실 바닥에 앉는다. 이런 날은 뭘 해도 효율이 나지 않기 때문에 차라리 신문지라도 접어놓는 게 낫다.

우리집은 신문지를 접어·여러 용도로 사용하는데 크기별로 큰 상자, 작은 상자, 종이 봉투를 만들어 비닐 대신 잘 활용한다. 신혼 초, 주식 좀 해보겠다고 월 20,000원에 신문을 받기 시작했는데, 신문 보고 산 주식은 오를 생각이 없고 종이접기 스킬만 날이 갈수록 늘고 있다. 종종 남편이 물었다.

"읽기는 하지?"

주로 헤드라인만 보며 세상 돌아가는 건 파악하고 있으니 읽는 건 맞다.

"어, 읽긴 읽어. 요즘 금리가 그렇게 올랐다더라. 힘들어~"

설마 구독료 20,000원을 걸고넘어질까 물어볼 때마다 괜히 아는 척을 해본다.

◦ 휘뚜루마뚜루 큰 상자

큰 상자는 신문지 세 장을 겹쳐 만들어서 가로세로 길이가 20cm 정도 된다. 주로 재활용품을 모을 때나 고구마 같은 채소를 보관할 때 쓴다. 우연히 해외 유튜버가 접는 걸 봤는데 큼지막하고 각이 딱 잡혀 있어 활용하기 좋을 것 같아 접기 시작했다. 살짝 물기가 있는 재활용품도 신문지 상자에 넣어두면 잘 마르니 깔끔하다. 통풍이

중요한 고구마를 신문지 상자에 차곡차곡 쌓아 서늘한 곳에 두면 2주 동안 맛있게 먹을 수 있었다. 전에는 수납함이 필요하면 박스를 찾아 접고 자르고 했는데, 요즘은 신문지 세 장으로 도구도 없이 후다닥 해결한다. 착착 펼쳐각 잡힌 상자가 만들어지면 은근 성취감이 있다.

◦ 욕실 쓰레기통 작은 상자

신문지를 펼쳐 반으로 잘라 작은 상자를 만든다. 신문지 한 장으로 상자 두 개를 만들 수 있는데, 욕실 쓰레기통으로 딱 좋은 사이즈다. 욕실에서는 일회용 렌즈 케이스, 화장 솜, 면봉 같은 자잘한 쓰레기들이 꽤 나오는데 플라스틱이나 철제 쓰레기통을 하나 두려니 관리가 귀찮을 것 같았다. 그래서 찾은 방법이 작은 신문지 상자다. 상자에 다 쓴 인공눈물 용기, 솜 같은 걸 툭툭 버렸다가 꽉 차면 한꺼번에 일반쓰레기로 버리면 끝이니 주변은 깔끔해지고 몸은 편해졌다. 큰 사이즈보다는 바닥이 손바닥만 한 상자가 딱 맞는 것 같다. 크면 마땅히 놓을 곳이 없을뿐더러 오래 쓰면 종이가 눅눅해지니까 적당히 채워졌을 때 버릴 수 있는 작은 상자가 딱이다. 모양을 잡기 전에는 납작한 형태라 여러 개 접어 수납하기도 좋다. 우리 집 욕실 수납장에는 항상 펼치기 전의 종이 상자 여러 장이 꽂혀 있는데, 다섯 개쯤 채워놓으면 한 달은 마음 편히 쓴다.

◦ **부엌 필수템 종이 봉투**

이제는 이거 없이 못 산다 싶을 만큼 잘 쓰는 신문지 상자는 단연코 봉투형. 접기도 가장 쉽지만 사용 빈도도 가장 높기 때문이다. 부엌살림을 하다 보면 바로 쓰레기통에 넣기 찝찝한 젖은 비닐, 젖은 종이, 조개껍데기 같은 쓰레기가 많이 생기는데 그런 걸 이 종이 봉투에 넣어 말렸다가 쓰레기통에 넣으면 깔끔하다. 봉투가 임시 쓰레기통 역할도 하고 종이라서 습기도 잡아주니 확실히 쓰레기통에서 냄새가 덜 난다.

이 봉투는 만찬을 즐길 때도 필수 아이템이다. 다 같이 모여 대게나 소라, 가리비 같은 해산물을 먹을 때

한 사람당 하나씩 이 봉투를 옆에 두고 먹으면 뒤처리가 훨씬 깔끔하다. 시간이 날 때마다 봉투 여러 개를 접어 싱크대 밑에 놓아두는데, 마침 필요할 때 한 장도 없으면 전날의 내가 후회스러울 만큼 불편하다. 비싼 클러치 백 부럽지 않은 신문지 봉투. 일회용 비닐 없이 살아도 종이 봉투 없이는 못 산다.

머릿속에 생각이 많은 날은 신문지를 들고 앉아 바지런히 손을 움직인다. 사각사각 신문지 소리를 들으며 온 신경을 손끝에 집중하고 신문지만 접는다. 그렇게 고요하게 30분을 보내면 머리가 비워지면서 마음이 그렇게 개운할 수 없다. 살림은 '마음 닦는 일'이라는 말이 있던데 이런 걸 두고 말하는 걸까? 참선도 명상도 모르는 나지만 신문지를 접을 때마다 이게 그런 걸까 생각해본다. 마음이 어지러운 날은 신문지 접기. 마음을 닦는 나만의 방법이다.

신문지 상자 접는 방법 →

1,800원짜리
맥주잔

마트에서 장을 보다 보면 남편이 이런 말을 할 때가
있다.

"우리 집에 요즘 잔이 좀 부족하지 않나?"

술 코너를 지날 때 어김없이 나오는 멘트다. 유리
잔으로 파는 청주를 발견하면 남편은 항상 허락을 기다
리는 강아지처럼 나를 쳐다본다. 우리 부부는 '백화수복'
'경주법주' 같은 청주를 종종 '잔술'로 사는데, 운이 좋으
면 편의점에서도 볼 수 있다. 이 잔을 처음 알게 된 건 결
혼 후 남편 추천 덕분이다. 술을 잘 마시지는 못하지만,
가끔 딱 한 잔의 술을 즐기는 날 위해 남편이 권해준 게
잔술이다. 다정하다기보다는 큰 와인과 맥주를 까놓고

는 매번 남기는 내가 너무 싫었다고 한다.

"오… 이거 진짜 귀엽다."

남편이 술 애송이는 이게 딱이라며 마트에서 유리 잔 청주을 찾아줬는데 첫인상이 무척 귀여웠다. 손바닥 안에 살포시 감기는 사이즈도 좋고, 무엇보다 '잔술'이 란 단어가 주는 감성이 있지 않나? 고등학교 때 일본 드라마와 일본 영화가 큰 인기여서 나도 푹 빠져 지낸 적이 있다. 그때 생긴 로망 중 하나가 퇴근 후 마시는 술이었다. 짙은 색 정장을 입고 퇴근하던 직장인이 우연히 작은 선술집을 보고 들어간다. 드르륵. 지친 얼굴로 미닫이문을 열고 들어가면 바 자리에 혼자 온 사람들이 이미 잔을 기울이고 있다. 자리를 잡고 배부르지 않은 간단한 안주를 주문하며 말한다.

"술은 사케 잔술로 부탁해요."

나에게는 이 풍경이 인생의 쓴맛 단맛을 다 알아버린 어른의 멋이었다. 남편이 준 술을 받으니 얼른 집으로 가 회사에 지친 도쿄 직장인이 되고 싶어졌다.

잔으로 된 청주는 사이즈도 좋지만, 유리 소재라

더 좋다. "다 먹고 잔으로 써도 좋을걸?"이란 남편의 말은 정말이었다. 얇지 않고 은근 두꺼워 튼튼하고, 플라스틱과 달리 쓰고 또 써도 맑고 깨끗한 느낌이다. 사이즈도 얼마나 기가 막히는지 맥주를 마실 때마다 이 잔을 꼭 꺼낸다. 이 한 잔에 맥주를 따라 마시면, 꿀떡 꿀떡 꿀떡 세 번이면 끝이다. 모자라지도 과하지도 않게 딱 시원하게 넘어가는 맛있는 한 잔 양이다. 입술이 닿는 부분은 항아리 모양처럼 마무리되어 있다. 아래에서 위로 오므라드는 듯하다 살짝 열리듯 마무리된 곡선. 그래서 그럴까, 다른 컵과 달리 입술이 딱 맞는 위치에 앉은 듯 안정감 있게 닿는다. 아랫입술로 잔 끝 쪽 동그란 테두리를 받치고 고개를 들면, 당황스럽지 않은 적당한 속도로 입안에 술이 흘러들어온다. 술을 사니 공짜로 따라온 잔이라 좋은 게 아니라, 잔 기능 자체가 훌륭해 자주 손이 가는 녀석이다.

심플한 디자인이 내 눈에만 예쁜 건 아닌 것 같다. 종종 인스타그램에 잔 사진을 올리면 이런 댓글이 달린다. "오, 브랜드 킨토 잔 같네요." "최근에 TV 예능에 나온 유리잔 아닌가요?" 그런 댓글을 읽을 때면 뭔가 으쓱해진다. 사실 나는 브랜드 이름도 잘 못 외우는 사람이지만, 그런 말을 듣는 순간 뭔가 취향 좋은 콜렉터로 비춰진 것 같아 즐겁다. 현실은 트레이닝복을 입고 가서 사 온 1,800원짜리 마트 술잔일지라도. 사람들은 내가 느낀 그대로 이 잔을 예쁘게 봐줬고, 한동안 포스팅을 보고 마트에서 잔술을 샀다는 사람들 후기가 쏟아졌다. 술을 안 좋아하는 분들은 내용물은 다른 사람 주면 되니, 일단 사고 봤다고. 다른 포스팅보다 훨씬 반응이 좋아 뿌듯했지만, 한편으로는 마음이 조금 무거웠다. '다들 집에 잔이 있을 텐데, 괜한 소비를 부추긴 걸까?' 누군가가 나에게 이런 비난을 할 것 같아 글을 삭제할까 고민도 했다.

　　하지만 결국 지우지는 않았다. 내가 그랬듯 사람들도 물건을 새롭게 쓰는 기분을 한번 느껴보면 좋을 것 같아서. 일회용 컵, 일회용 마스크, 일회용 티슈 등 사고 금방 버리는 소모품에는 익숙하지만, 버려질 물건을 다시 써보는 건 좀처럼 드문 좋은 경험이니까. 멋진 숍에서 새로 산 유리잔을 쓰는 것도 좋지만, 그냥 두면 버려질 물건을 또 다른 용도로 쓰면 새 잔에서는 느낄 수 없던 뿌듯함이 있다. 맛있게 술을 마시고도 버릴 것 하나 없는 깔끔한 기분. 무언가를 다시 써보는 일이 꽤 근사하다는 걸 몸으로 느끼면, 물건을 고르는 기준도 조금은 달라진 다. 얼마 전 마트에서 남편이 걸음을 멈추고 물었다.

"우리 집에 잔이 좀 필요하지 않나…?"

제안을 순수하게 받아들이기에는 부엌 찬장에 청주 잔이 이미 여덟 개나 있다. 우리는 아직 두 식구뿐이라 입이 두 개인데 말이다. 술을 마시기 위한 좋은 시도였지만 이번엔 실패. 공짜 잔도 여덟 개면 충분하다.

잠든 사이
육수 팁

부엌 장에서 냄비를 꺼내 물을 가득 받는다. 냄비
는 인덕션 위에 올려두고 냉동실에서 멸치 한 줌 새우 한
줌을 꺼내 작은 접시에 담는다. 점점 끓어가는 냄비 옆에
서서 멸치를 반으로 갈라 내장을 제거한다. 물이 팔팔 끓
는 소리가 나면 그때가 딱 좋은 타이밍. 불을 끄고 뜨거
운 김이 나는 냄비에 멸치, 새우, 다시마를 툭툭 던져 넣
는다. 일주일치 맛있는 국물을 다오. 자는 동안 새벽녘
집안 살림은 냄비에 맡겨두고, 안방으로 들어가 잘 준비
를 시작한다.

옆에서 지켜보지 않아도 되는 '잠든 사이 육수 팁'을

알게 된 건, 요리 인플루언서 '마카롱여사' 덕분이다. 여사님은 이걸 'S육수'라 하는데 이렇게 하면 몸도 편하고, 나 같은 요리 초보에게는 육수 맛 내기도 좋다. 전문가들 말로는 오래 안 끓여도 문제지만 너무 푹 끓이면 재료 속의 쓴맛까지 나와 육수 내기는 꽤 고수들의 영역이라 한다. 그런데 새벽녘 육수 팁은 뜨거운 물에 뭉근하게 재료를 우려내니 냄비 주인이 누구든 딱 좋은 감칠맛을 선물한다. 이 간단한 비법을 알게 된 이후, 우리 집 냉장고에는 항상 든든한 육수 한 병이 자리 잡고 있다.

이 팁을 알기 전까지는 육수 내기에 어려움이 많았다. 티백을 우리면 한 번에 어마어마한 미세플라스틱 조각(116억 개)이 나온다는 말을 듣고 나서는 자취할 때 쓰던 육수 팩은 쓰고 싶지 않았다. 그래서 매번 국물이 필요할 때마다 냉동실 가서 멸치, 새우, 다시마를 꺼냈는데 그게 뭐라고 그렇게 귀찮더라. 저녁 준비해야지. – 찌개 좀 끓일까? – 그럼 육수가 필요한데. – 아, 귀찮아. 오늘은 대충! 이것이 매일 저녁 시간을 맞이하는 머릿속 루틴. 결국 일회용 다시 팩처럼 쓰기 위해 다회용 소창 주머니도 샀다. 주머니 안에 미리 육수 재료를 소분해 냉동실에 넣어두었다. 재료 꺼내는 일은 좀 더 간편해져서 전보다 나았지만 필요할 때마다 끓여야 하는 귀찮음은 똑같았다. 항상 육수라는 허들을 넘지 못해 마음과 달리 우리 집 밥상은 소박해져갔다.

'잠든 사이 육수 팁'은 자기 전에 국물을 낼 재료만 툭 던져 넣어두면 끝이어서 지금까지 들은 팁 중 가장 간단했다. 몸이 편한 것도 좋지만 무엇보다 밤새 국물을 내고 맞이하는 부엌 온도가 좋다. 어릴 적 아침에 일어나면 느꼈던 엄마가 있는 부엌 온도와 냄새다. 눈을 뜨면 들리는 '탁탁탁' 나무 도마 소리. 부엌에서 냄비가 끓고 있고, 냄비에서 나온 훈훈한 증기가 거실을 채워 방문을 열고 나가면 얼굴에 훅 닿았다. 부엌에는 분주한 엄마 뒷모습이 보이고, 밥 한 술이 당기는 멸치국물 냄새가 코끝까지 그득했다. 분명 "아침 안 먹을래."라고 말할 생각으로 나왔지만, 국물 냄새를 맡으면 절로 식탁 의자에 엉덩이가 붙여졌다. 이 따뜻한 기억 때문일까? 자는 동안 국물을 내고 아침을 맞이하면, 부엌을 채운 육수 냄새에 마음이 편안해진다. 분명 내가 한 일인 걸 알지만, 누군가가 나를 위해 아침 식사를 준비하는 것만 같은 다정한 냄새. 비릿하고 구수한 멸치와 새우 향은 '그래. 오늘 하루도 잘 먹고 잘 살아보지 뭐.' 하고 마음먹게 하는 든든한 고봉밥 같은 냄새다. 점심, 저녁에 맡는 국물 냄새와는 또 다른 아침 국물 냄새. 그 온도가 좋아서 그런지, 요즘은 전과 다르게 부지런히 국물을 만든다.

일회용 다시 팩을 쓰면 국물을 낸 뒤 건져 팩을 찢고 재료는 따로 꺼내야 한다. 젖은 주머니는 바로 쓰레기통에 넣기도 찝찝해 애매하게 싱크대에 방치한 뒤, 한참

뒤에야 버리곤 했었다. 버릴 것이 있으면 신경 쓸 것도 함께 생긴다. 새벽녘 국물 팁은 작은 채로 육수 재료만 쏙쏙 건져 버려주면 되니 몸도 마음도 훨씬 가벼워지는 방법이다. 내일 저 국물로 잔치국수를 끓일까? 수제비를 해볼까? 눈을 감고 맛있는 계획을 세우며 잠을 청한다.

레몬을 얼려두는
밤

서너 달마다 한 번, 한밤중 우리 집 부엌에는 노란 레몬이 가득할 때가 있다. 그날은 바로 레몬을 손질해 얼려두는 날. 스무 개쯤 주문한 레몬을 싱크대에 풀고, 베이킹소다를 뿌려 흐르는 물에 씻어준다. 냄비에 물을 끓이고 소다로 씻은 레몬을 끓는 물에 10초 정도 굴려준다. 이건 시어머니에게 배운 방법인데 수입 레몬은 신선도를 위해 왁스를 발라 유통하니 꼭 겉을 녹여줘야 한다. 끓는 물에 레몬을 넣고 빼길 반복하면 새큼한 레몬 향이 올라와 턱 끝이 시큰하면서 입안에 침이 고인다. 처음엔 귀찮았지만 상큼한 레몬 향을 맡으면 시작하길 잘했다는 생각이 들면서 기분이 확 좋아진다. 씻은 레몬을 도마에 올려 너무 얇지도 너무 두껍지도 않게 썰어 하나씩 세워 용기에 넣는다. 뚜껑을 닫아 냉동실에 넣어주면 한동안 먹을 레몬 준비 완료. 마음이 뿌듯해지는 밤이다.

　　이제 얼린 레몬은 우리 집에 없어서는 안 될 재료다. 물은 물론이고 맥주와 탄산수에도 하나씩 툭 넣어 먹는다. 별거 아닌 것 같은 이 작고 노란 조각은 평범한 일상을 여행지로 바꿔주는 재주가 있다. 그냥 마실까 하다가도 투명한 잔에 얼린 레몬 한 조각을 띄운다. 맹물에 상큼한 향이 더해지면 물까지 신경 쓴 근사한 브런치 식당에 온 것 같다. 잔을 들고 괜히 여유로운 템포로 몸을 움직이며 천천히 물을 마신다. 약간의 신맛이 더해지면 그냥 물보다 꿀떡꿀떡 잘 넘어가는 것도 장점이다. 오전에 일하다 머리가 멍해질 때면 부엌으로 가 탄산수를 따라 레몬을 올린다. 레몬 향이 더해진 톡톡 쏘는 탄산이 입안에 들어와 터지면 정신이 번쩍 들면서 다시 생기가 돈다. 이 산뜻한 시트러스 향이 주는 활력이 참 좋다.

　　무더운 여름, 맥주에 올린 레몬은 얼마나 매력적인가. 좋아하는 잔을 꺼내 맥주를 따르고 거품 위에 얼린 레몬 한 조각을 올린다. 쌉쌀한 맥주가 상큼한 레몬을 통과해 혀끝에 닿으면, 질감은 더 부드러워지고 향은 풍성해진다. 네 캔에 10,000원인 편의점 맥주도 신분 상승하는 마법. 맥주에 레몬을 넣는 영상을 공유한 다음 날, 이런 메시지가 온 적도 있다.

"덕분에 어제 남편이랑 동남아 여행했어요. 레몬 하나 올렸는데 여행지에서 바다 보며 마시는 맥주 맛이 났어요!"

내가 이래서 레몬을 얼리지. 이 작은 레몬 조각에는 분명 익숙한 일상도 낯설게 만들어주는 무언가가 있다.

어색하고 멋쩍은 낯섦 말고, 여행지에서 느끼는 기분 좋은 낯섦 말이다.

얼린 레몬은 여름에 많이 쓰긴 하지만, 겨울에도 빠질 수 없다. 발랄하고 유쾌한 여름 레몬과는 다른 다정한 매력이 있는 겨울 레몬. 겨울 아침은 따끈한 홍차 한 잔으로 시작하는 걸 좋아하는데, 홍차에 얼린 레몬을 올리면 얼마나 색다른지 모른다. 아침 7시쯤 일어나 부엌으로 간다. 좋아하는 잔에 뜨거운 물을 받아 홍차를 우리고, 얼린 레몬 조각 하나를 꺼내 작은 종지에 올려둔다. 찻잔과 종지를 들고 창가 테이블에 앉아 창문을 조금 연다. 깨끗하게 차가운 겨울 공기가 느껴지면 머리가 맑아진다. 두 볼에 살짝 차가운 기운이 닿을 때 홍차를 마신다. 뜨거운 홍차에 얼린 레몬 조각을 올리면, 홀짝홀짝 마시기 딱 좋은 온도로 맞춰진다. 얼린 레몬은 뜨거운 홍차를 당황하지 않고 천천히 마실 수 있게 돕는 다정한 배려 같은 존재다. 씁쓸한 홍차와 시큼한 레몬이 섞여 혀끝에 닿는 맛도 참 좋다.

손님이 왔을 때도 그리 바쁘지 않다면 음료에 레몬을 꼭 넣어주려 한다. 대단한 건 아니지만 잠깐 머물다

가더라도 대접받는 기분을 느끼길 바라며 레몬을 올린다. 그리고 나와 우리 집을 '레몬'으로 기억해줬으면 좋겠다. 생각만 해도 상큼발랄하고 다정한 노랑을 가진 집. 누군가의 기억에 우리 집이 레몬 같은 공간으로 남으면 얼마나 좋을까? 오늘 아침 레몬 용기를 열어보니 벌써 얼마 남지 않았다. 늦지 않게 주문해 이번 주말쯤 또 야밤 레몬 작업을 해야지. 나에게 레몬을 얼리는 일은 좋아하는 순간을 오래오래 얼려두는 일이다. 이번 겨울 아침에도 레몬 홍차의 행복을 절대 놓치지 말아야지.

돈가스 트레이에 레몬 얼리기

　　자른 레몬 조각들을 용기에 통째로 넣어 얼리면 덩어리로 들러붙어 떼어내기 힘들다. 돈가스 트레이를 이용해 레몬 사이사이에 공간을 두고 세워서 얼리면 좋다. 필요할 때마다 포크로 조금만 힘을 주면 낱개로 잘 떨어진다. 레몬은 꼭 썰기 전에 씻자. 물기 있는 레몬에 베이킹소다를 뿌려 문지르고, 끓는 물에 5~10초 정도 굴려 왁스를 녹인 후 건지면 된다.

컵라면
옮겨 먹기

이렇게 묻는 사람들이 있다.

"라면 잘 안 드시죠? 몸에도 안 좋고 쓰레기도 나오니까."

나의 어떤 면을 보고 묻는 말인지 알 것 같고, 또 기대하는 대답도 있을 것만 같다. 종종 청초한 표정으로 "네."라고 대답해볼까 유혹에 빠지지만, 거짓말을 할 수는 없다. 나는 라면을 무지 좋아하고 그중에서도 더 많은 쓰레기가 나오는 컵라면을 특히 사랑한다.

"집에 라면 있는데 왜 나가?"

종종 밤에 컵라면을 사러 나서면 남편이 묻는데, 이 말이 섭섭할 때가 있다.

"나랑 지낸 세월이 몇 년인데 아직도 몰라? 지금은 라면이 아니라 '컵라면'이 먹고 싶다고!"

나에게 봉지라면과 컵라면은 다른 음식인데 말이다. 나는 이렇게 생각한다. 라면 범주 안에 컵라면이 있는 게 아니라, 라면과 컵라면은 전혀 다른 카테고리라고. 어떤 때는 정확히 끓여 먹는 라면이 먹고 싶고 어떤 때는 꼭 꼬들꼬들한 컵라면이어야만 한다. 특별한 이유가 없으면 대부분 컵라면이 생각나는데, 그중에서도 육개장과 왕뚜껑을 가장 좋아한다. 가끔 특별식으로 먹는 각진 도시락 라면도 좋다.

컵라면에는 매끈한 봉지라면 면발과는 다른 꼬들꼬들함이 있다. 살짝 거친 듯한 표면이 국물을 쏙쏙 머금어 국물 맛이 더 진하게 느껴진다. 호로록 입안을 치고 들어오는 탄력 있는 면발은 이로 툭툭 끊는 맛도 있는데, 이때 컵을 들고 국물을 같이 마셔줘야 한다. 잘게 끊어진 꼬들한 면과 짭짤한 국물을 입안 가득 머금었다 삼켜주는 게 컵라면의 맛이니까. 컵라면에는 봉지라면으로는 느낄 수 없는 식감과 국물 맛이 있다.

하지만 컵라면은 겉 비닐, 수프와 플레이크 비닐,

스티로폼 컵 쓰레기까지 치울 것이 많은 인스턴트다. 한 바탕 땀 흘리며 얼큰하게 먹어도 곁에 쌓인 쓰레기 때문에 마음이 편치 않다. 특히 빨간 물이 든 컵라면 용기는 아파트 분리배출장에서 받아주지 않는다. 그러니 내가 컵라면을 좋아한다고 답하면 사람들이 놀라는 거겠지. 그들의 마음이 충분히 이해될 만큼 컵라면은 분명한 쓰레기 빌런이다.

컵라면을 좋아한다고 고백하니 컵라면을 '컵 없이' 먹어보라는 조언을 얻었다. 처음에는 컵라면의 핵심인 컵을 없애라니 무슨 말인가 싶었는데 플라스틱 용기 대신 집에 있는 그릇에 옮겨 먹으라는 뜻이었다. 그릇에 면을 담고 거기에 뜨거운 물과 수프를 넣어 익히면 라면 용기에 물이 들지 않아 재활용으로 배출할 수 있고, 안전한 그릇에 라면을 먹으니 좀 더 건강하게 즐길 수 있는 팁이었다.

"컵라면 먹을까?" 둘 중 한 사람이 말을 꺼내면 같이 준비를 시작한다. 남편이 컵라면 비닐을 뜯어 그릇에 면을 옮기고 수프를 뿌리면 나는 물을 끓인다. 지금은 익숙해져서 딱 맞게 그릇에 물을 붓지만, 초반에는 그렇지 않았다. 수프를 빼고 면만 담은 컵라면 용기에 선에 맞춰 뜨거운 물을 부은 뒤 그 물과 면을 그릇에 다시 옮겼다. 남편은 대충 부어 먹으면 되지 꼭 선에 맞춰 옮겨야 하냐고 했지만 그때마다 답했다.

"대기업 선생님들이 면 무게까지 고려해 과학적으로 그어놓은 선이야. 이거 찾느라 얼마나 고생했겠어? 지켜야 맛있지!"

지금은 이런 행동은 하지 않는다. 육개장은 360ml, 왕뚜껑은 400ml 정도를 눈대중으로도 얼추 비슷하게 맞출 수 있다. 이렇게 먹으면 쓰레기 걱정도 조금 덜 수 있지만, 플라스틱 그릇에 담긴 뜨거운 국물을 피할 수 있어 안심이다. 남은 국물에 찬밥을 말고 숟가락으로 싹싹 긁어 먹어도 마음이 편하다. 플라스틱 용기에 먹을 땐 환경 호르몬이 생각나 괜히 끝맛이 쓰게 느껴지기도 했었다. 이 모습을 보고 누군가는 그럴지도 모른다. "그럴 거면 먹지를 말지. 어차피 쓰레기도 나오고 저게 무슨 소용이야." 틀린 말은 아니라 딱히 반박할 수 없지만, 이게 딱 현실적인 내 모습이라 어쩔 수 없다. 쓰레기를 만들고 싶지 않지만 좋아하는 건 포기할 수 없는, 어쩔 수 없이 쓰레기가 생기면 마음 한편이 불편한 그 정도인 사람. 내가 좋아하는 부부가 있는데 내 고민에 이런 말을 해준 적이 있다.

"우리는 어차피 태어난 자체가 이 지구에 빌런이에요. 그래도 악당이 될 거라면 좀 덜 악한 악당이면 좋잖아요? 굳이 더 악하게 굴 건 없죠."

컵라면을 그릇에 옮겨 먹거나 카페에서 빨대를 거절할 때, '이게 무슨 소용이야.'라는 생각이 들면 '덜 악한 악당'이란 말을 떠올린다. 답이 없는 세상처럼 느껴질 때가 있지만, 그나마 조금 인정이 남은 약한 빌런도 섞여 있으니 세상이 굴러가는 거 아닐까? 마블 세계관에서도 아직 양심을 가진 빌런들이 있어 어벤져스가 이길 수 있는 것처럼 말이다. 오늘도 여전히 컵라면은 좋아하지만 덜 악한 빌런이 되기 위해 노력해본다.

컵라면 물 양 알아놓기

+ **육개장 사발면**
— 작은 컵: 360ml
— 큰 컵: 400ml

+ **김치사발면**
— 360ml

+ **신라면 컵**
— 작은 컵: 260ml
— 큰 컵: 400ml

+ **왕뚜껑**
— 400ml

chapter
3

잘 먹고 잘 사는 일

3년 연구 결과,
식재료 보관법

결혼 후 직접 살림을 해보니 요리를 잘하는 사람과 못하는 사람의 큰 차이를 알았다. 간을 잘 맞추는 것도 아니고, 레시피를 많이 알고 있는 것도 아니다. 정말 요리를 잘하는 사람은 재료를 자주 사지 않는다. 지금 냉장고에 있는 재료만으로도 한 끼를 뚝딱 해결할 수 있는 사람이 진정 요리 대가다.

남편은 요리를 잘하고 나는 요리를 그리 즐기지 않는다. 분명 같은 냉장고인데 남편이 열었을 때와 내가 열었을 때 반응은 전혀 다르다. 예를 들어 나는 냉장고를 열면 대부분 감탄으로 끝난다.

"오… 집에 당근이랑 콩나물이 있군! 오늘 저녁 뭐

먹을래? 뭐 사 올까?"

반면 남편은 재료를 보고 지금 바로 할 수 있는 메뉴를 떠올린다.

"당근이랑 콩나물 있네. 냉동실에 고기 있던데 콩나물 불고기 할까?"

그래서 내가 요리를 담당한 일주일이면, 주말쯤 냉장고 안에 버리기 직전인 재료가 많이 남는다. 남편은 이런 나를 답답해하며 왜 먹는 걸 낭비하냐고 엄마처럼 쓴소리를 쏟아낸다. 하지만 나도 너무 답답한걸? 아무리 노력해도 냉장고를 열었을 때 남편처럼 아이디어가 떠오르지 않는다. 입도 짧아 먹는 걸 즐기는 편도 아니다. 근육이 타고난 사람을 '근수저'라고 하던데, 나는 '먹수저'를 물고 태어나지 않은 게 분명하다. 버리는 재료가 적지 않으니 나도 요리를 좀 해보려고 노력했다. 그런데 365일 떡볶이 생각만 하는 사람이 단시간에 요리 실력이 늘기는 어려운 일. 그래서 노력의 방향을 바꿔보았다. 요리해서 재료를 해치울 수 없다면 오래 보관하는 방법이라도 알아보자! 책도 보고 유튜브도 찾아보며 몇 가지 노하우를 터득했고 3년간 SNS에 꾸준히 공유해왔다. 여기에 그동안의 내 연구 결과를 정리한다.

○ **대파**

대파는 세척하지 않은 흙 대파를 그대로 사서 흔히 업소에서 사용하는 스테인리스 반찬통이나, 밀폐 스테인리스 용기에 넣어 냉장고에 보관한다. 대파는 세척 후 물기 있는 상태로 보관하면 금방 무른다. 플라스틱 용기보다 스테인리스 용기에서 더 오랫동안 싱싱하길래 찾아보니 이유가 있었다. 대파는 0도에 가깝게 보관해야 한다. 보통 냉장고 온도가 3~4도인데 스테인리스에 보관하면 그보다 더 차갑게 유지할 수 있다. 지금은 한 단

을 사 와 흙만 털고 스테인리스 용기 크기에 맞춰 자르고 넣어, 바로 냉장고에 보관한다. 그러면 한 달도 먹을 수 있고 가끔 안에서 조금 더 자란 대파를 볼 수 있다.

◦ **고추**

고추는 꼭지를 떼어내고 용기에 세워서 보관한다. 세척은 해도 괜찮고 안 해도 큰 차이는 없다. 꼭지를 떼어내는 건 그 부분부터 곰팡이가 생기기 쉽기 때문이다. 세워서 넣는 이유는 서서 자라는 채소는 보관할 때도 같은 방향을 유지해주면 좋아서다. 누워 있으면 자꾸 일어서려고 에너지를 써서 금방 시든다고 한다.

∘ 깻잎

깻잎은 꼭지 부분인 잎자루만 살짝 물에 닿게 병에 넣은 뒤 보관한다. 깻잎은 잎이 얇고 수분 함량이 높은 채소다. 대파와 달리 온도가 낮으면 잎에 검은 반점이 생기며 저온장해가 발생한다. 그래서 냉장고 안쪽보다는 상대적으로 온도가 높은 문 쪽에 보관하면 좋다.

◦ 감자

보관이 정말 어려웠던 재료를 하나 꼽으라면 단연 감자. 신문지에 싸서 그늘에 두면 며칠 뒤에 싹이 나고 파래진다. 그러다『제로 웨이스트 키친』이라는 책에서 감자를 모래에 파묻어 보관하는 방법을 봤다. 감자를 모래나 톱밥에 묻어 빛은 차단하고 수분을 보호하는 원리다. 반신반의하며 인터넷으로 강모래를 주문했고, 묻어 놓으니 결과가 꽤 괜찮았다. 약간 마르긴 해도 3주 지난 감자가 멀쩡했다. 그때부터 우리 집에는 감자 상자가 생겼다. 감자를 오래 먹을 수 있다는 장점도 있지만 감자가 필요할 때마다 모래를 만지는 촉감도 은근 좋다. 분명 마트나 시장에서 산 감자인데 내가 직접 재배해 캐는 것 같아 기분이 좋고 어릴 때 놀이터에서 놀던 기억이 새록새록 떠오르기도 한다. 단, 젖은 모래면 안 좋은 결과를 볼 수 있으니 적당히 마른 모래가 좋다.

◦ 양파

양파는 공중부양이 답이다. 다닥다닥 붙어 있으면 무를 것 같아 하나씩 신문지에 감싸 통풍이 잘되는 상자에 넣어봤는데도 생각보다 오래가지 않았다. 그러다 유튜브에서 긴 망이나 스타킹에 양파를 하나씩 넣고 사이사이 매듭을 묶어 매달아 보관하는 방법을 찾았다. 영상에서는 매듭을 풀기 힘들어 스타킹을 잘라 양파를 하나씩 꺼냈는데, 나는 스타킹이 아까워 묶는 대신에 봉지 집게로 양파와 양파 사이를 나눴다. 그러면 스타킹을 또 쓸 수 있으니까. 이렇게 엮은 양파는 그늘진 곳에 걸어두면 된다.

3주만 가도 좋겠다고 생각했는데, 공중부양 양파는 거의 두 달을 버텼다. 양파와 마늘은 수분이 날아가는 걸

막기 위해 껍질 그대로 보관하는 게 좋다고 한다. 또한 습기에 약하기 때문에 통풍도 중요하다. 물컹물컹한 양파가 걱정이라면 기억하자. 공중부양!

° **콩나물**

우리 집에 '동충하초 대첩'이라 부르는 사건이 있었다. 신혼 초 내가 콩나물을 사두고 깜박 잊었는데, 어느 날 남편이 냉장고 속 썩은 콩나물을 발견한 것. 음식 남기는 걸 싫어하는 남편은 뽀얀 콩나물이 시커멓게 변한 걸 보고 화가 났고, 나에게 "이거 동충하초냐!" 하고 잔소리를 쏟아내 크게 싸운 적이 있다. 콩나물을 싱싱하게 보관하는 건 정말 쉽지 않다. 사 온 봉지 그대로 두면 2~3일만 지나도 시들시들해진다. 콩나물은 아삭한 식감으로 먹는 건데 조금이라도 수분이 빠지면 먹고 싶지 않다. 그러다 콩나물을 물에 푹 담가놓으면 오래 먹을 수 있다는 팁을 발견했다. 밀폐 용기에 콩나물을 넣고 물을 채워 냉장고에 넣었더니 결과는 대만족. 2~3일에 한 번씩 물만 갈아주니 일주일 훨씬 넘게 보관이 가능했다. 원리는 물이 콩나물 속 수분을 채워줘 꽤 오래 먹을 수 있

게 만들어주는 거라고 한다. 단, 물을 갈아주는 걸 깜빡
하면 냄새가 날 수 있으니 신경 써야 한다.

◦ 당근

은근 자주 먹는 당근의 보관 포인트는 흙과 저온이
다. 우선 꼭 흙이 묻은 당근을 산다. 그리고 흙을 좀 털어
업소용 스테인리스 반찬통에 넣고 냉장고 채소 칸에 보
관하면 3주는 먹을 수 있다. 세척 당근은 세척 과정 중 흠
집이 생겨 그 부분부터 상하거나 메마르는 경우가 많다.
당근도 대파처럼 0도에 가까운 저온에서 보관하면 좋은

채소라 온도를 차갑게 유지하는 스테인리스 용기가 훨씬 좋다.

　　내 살림이 생긴 지도 이제 만 3년. 요리 실력은 여전히 늘 생각이 없지만, 누가 식재료 보관 팁을 묻는다면 신나게 말해줄 수 있다. 지금도 버리는 음식물이 적지는 않지만 전보다 확실히 줄긴 했다. 나처럼 입도 짧고 먹는 일에 열정이 적다면 오래 보관하는 방법을 고민해보자.

대단하다, 대단해
두부조림

자취할 때는 일주일에 한 번도 할까 말까 했지만, 결혼 후에는 거의 하루도 빠짐없이 엄마와 통화한다. 남편 덕분에 생긴 습관인데 자꾸 안부 묻는 일을 미루는 내게 남편이 말했다.

"우리가 만약 한 달에 한 번 대구를 간다 해도 1년이면 고작 열두 번이야. 전화라도 매일 드리자."

1년에 열두 번이면 10년이 지나도 다 합쳐 100일 정도 보는 거라니, 숫자로 세어보니 그제야 와닿았다. '그래. 조금만 신경 쓰면 되는 효도인데 해보지 뭐.' 남편이 말해준 그날부터 매일 저녁 7시, 엄마에게 전화를 건다. 짧게는 2~3분 길게는 10분 정도. 초반에는 무슨 말을 할까 걱정이 많았는데 막상 해보니 또 그날그날 할 말이 생겼다. 보통 오늘 저녁에 뭘 먹었는지, 오늘 반찬은 뭐였는지 같은 이야기를 나눈다. 손주들이 회장 선거에 나갔다거나 엄마에게 귀여운 말을 남긴 이슈가 있는 날은 10분을 훌쩍 넘기기도 한다. 통화를 시작하고 알았다. 엄마는 마음이 간질간질해지는 귀여운 기억을 반복해서 이야기하길 좋아한다는 걸. 가끔은 "아까 이야기했잖아. 뭘 또 이야기해~"라고 말하기도 하지만 대부분 들뜬 엄마가 웃겨 들어주는 편이다. 엄마와 나누는 저녁 메뉴 토크는 기본 3분은 채우는 주제다. 엄마에게 뭘 먹었는지 물으면 묻지 않은 요리법까지 설명해준다.

"오늘? 오늘 호박잎 먹었지. 유정아, 호박잎을 씻어. 그리고 줄기 끝을 잡고 쭉 잡아 째면 실 같은 게 나오거든? 그걸 떼어내야 억세지 않고 부들부들해. 호박잎은 삶는 거 아니다잉. 쪄야 맛있다잉. 삶으면 물렁물렁해서 못 먹어."

어느 날은 내가 저녁으로 만든 음식을 말하면 엄마는 별것 아닌 메뉴에도 칭찬을 쏟아낸다.

"된장찌개? 아이고~ 대단하네, 허유증(허유정. 내 이름이다.). 된장을 다 찌지고. 진짜 대단하다. 이제 걱정 없다, 걱정 없어. 거봐, 안 해서 그렇지 하면 다 할 수 있다니까.”

칭찬에 기분이 좋다가도, 현미밥을 지었다는 말에도 칭찬을 받을 때면 놀리는 건가 싶어 웃음이 나온다.

“아이고, 현미로만 밥을 했어? 진짜 대단하다, 허유증. 현미로 밥 지을 생각은 어떻게 했노? 잘했어, 잘했어. 현미가 건강에 진짜 좋아.”

“대단하다 허유증, 대단해.” 처음에는 마냥 웃겼다. 서른이 넘은 나를 어린아이 대하듯 말하는 것도 귀엽고 엄마 특유의 톤도 재밌어서. “대단하다, 대단해.”는 남편과 종종 유행어처럼 쓰기도 한다. 내가 물을 엎지르거나 물건을 떨어뜨리면 남편이 말한다. “대단하다, 허유증. 대단해!” 그런데 “대단하다, 대단해.”에는 이상한 힘이 있다. 뭘 이런 걸 가지고 그러나 엉뚱하게만 느껴졌던 엄마의 칭찬은 어느 날부터 은근슬쩍 내 몸을 움직이게 했다. 온종일 일하고 지쳐 배달 음식을 먹을까 하다가도 갑자기 전화기 너머 엄마 목소리가 떠오른다. 시켜 먹었다 말하면 “좋은 거 해 먹지….” 하며 실망할 엄마가 생각나

밥을 짓고 대충 반찬 몇 가지를 꺼내 한 끼를 해결한다. 새로운 나물 요리라도 하는 날은 나물을 씻고 손질하면서부터 생각한다. '오늘 엄마한테 참나물 데쳤다고 꼭 말해야지. 사진 찍어서 보여줘야지.' 엄마의 칭찬이 날 움직였지만, 그래도 여전히 밥하는 게 힘들 때가 있다. 요즘 너무 밥하기가 싫다고 말하면 엄마가 꼭 추천해주는 음식은 '두부조림'이다. 노릇노릇 잘 구운 두부를 밥 위에 올려 으깨고, 양념장과 쓱쓱 비벼 먹으면 밥 한 공기 뚝딱 사라지는 우리 집 단골 저녁 메뉴였다.

"두부를 찌지가 옆에 놔두고, 작은 냄비에 양파를 깔아. 그리고 찌진 두부를 그 위에 놓고 대파랑 고추 다진 거 넣고 양념 올려서 5분만 찌지면 금방 돼. 얼마나 간단한데 사 먹을라카노."

사실 엄마가 전화로 말해주는 요리법은 흘려들을 때가 많은데, 두부조림은 간단한 것 같아 바로 해보고 싶었다. 두부를 지지는 것도 끓이는 것도 아닌, '찌져 먹으라'는 엄마의 육성 레시피가 웃기기도 하고 또 어릴 때부터 무척 좋아했던 엄마의 단골 메뉴라 해보고 싶었다.

냄비에 양파를 깔고 그 위에 잘 구운 두부를 올린

다. 그리고 다진 대파, 청양고추, 물 조금을 넣고 양념장만 올려주면 준비 끝. 양념장도 간장, 고춧가루, 다진 마늘이 끝이다. 이렇게 넣고 몇 분 끓인다고 완성될까 싶었는데, 5분 뒤 냄비 뚜껑을 여는 순간 딱 그 냄새가 났다. 어릴 적 밥 짓는 냄새와 함께 올라오던 매콤짭짤한 두부조림 냄새. 얼른 으깨 밥에 비벼 먹고 싶은 그 짭조름한 냄새. 다행히 맛도 엄마 것과 비슷했다. 두부에 매콤한 양념을 올려 한입 먹고는 "대박!" 혼잣말을 내뱉고 바로 핸드폰을 찾았다.

"엄마, 오늘 두부조림 만들었는데 요리법 엄청 간단하네? 정말 맛있다. 나 대단하지?"

요즘은 엄마가 "대단하다, 대단해."를 말하기도 전에 신이 나서 내가 먼저 묻는 날이 많다. 이 당연하고 사소한 먹고 사는 일이 뭐라고 엄마는 칭찬을 해주는지, 나는 왜 또 칭찬이 듣고 싶어 몸을 일으켜 밥을 하는 건지, 생각해보면 참 이상한 통화다. 나이만 서른이 넘었을 뿐, 우리의 대화는 여전히 내가 열 살이었던 그 어디쯤 머물러 있는 것 같다.

자주 꺼내 읽을 만큼 좋아하는 책『나이 먹고 체하

면 약도 없지』에 이런 문장이 있다. "나의 작은 성취를 백
배 천 배 튀겨서 자랑스러워해주는 사람이 부모"라고. 오
십 대에 고아가 된 작가는 이제 무언가를 해낸다 한들 누
가 자랑스러워해줄까 하는 생각에 외롭다고 말한다. 책
을 보고 우는 일이 많지 않은데, 그날은 부엌에서 휴지를
가져와 훌쩍이며 그 부분을 읽고 또 읽었다.

　　좋은 성과를 내도 다음에 더 좋은 결과를 보여주지
않으면 지난 영광도 뺏어가는 차가운 세상인데, 여전히
엄마는 두부조림, 나물무침 하나에도 대단하다며 딸을
치켜세운다. 책도 쓰고 사람들에게 알려지는 일도 종종
있었지만, 엄마는 그런 일보다 내가 '잘 먹는 일'에 더 칭
찬해준다. 일에서 성취를 알아주는 사람은 있어도 나의
건강과 행복을 위해주는 사람은 몇 없다. 아무리 생각해
도 부모님뿐이다.

　　지금도 몇 시간 글을 쓰고 나니 배달 음식이 정말
먹고 싶지만, 간단하게 김치찌개라도 끓여 먹어야지. 그
리고 엄마에게 전화해야겠다. "엄마, 오늘은 김치찌개 만
들었어. 나 대단하지?"

엄마 두부조림 레시피

1. 두부 한 모를 한입에 먹기 좋은 크기로 납작하게 잘라 팬에 기름을 두르고 부친다.

2. 진간장 5큰술, 다진 마늘 1/2큰술, 고춧가루 1큰술, 물 30ml를 넣어 양념장을 만든다.

3. 양파 1/2개를 채썰어 냄비 바닥에 깐다.

4. 그 위에 부친 두부를 올리고 다진 파와 다진 청양고추를 가득 올린다.

5. 냄비에 만들어둔 양념장을 붓는다.

6. 뚜껑을 닫고 중약불에 3~4분 익혀 먹는다. (양파만 익으면 완성!)

혼밥 치트키,
청양고추 다대기

'아, 오늘은 또 뭘 먹나?'

점심 때마다 어김없이 떠오르는 생각. 프리랜서 4년 차에 접어드는데도 점심 혼밥은 여전히 큰 숙제다. 나를 사랑하는 게 트렌드인 시대라지만, 평일 점심까지 불 앞에 서서 혼밥을 만들 열정은 아직까진 없다. 30분 동안 소파에 누워 핸드폰을 보며 고민하다 냉장고 앞으로 간다. 그리고 대부분 '청양고추 다대기'부터 꺼내고 고민한다. 이거랑 뭘 먹지?

청양고추 다대기는 점심시간 치트키 같은 음식이다. 엄마가 알려준 경상도 레시피인데 잘게 다진 청양고추에 간장, 다진 마늘만 넣어 볶은 간단한 다진양념이다.

보리차에 밥을 말아 한 숟갈 뜨고 그 위에 청양고추 다대기를 살짝 올린다. 그냥 먹으면 심심한 찻물 밥에 매콤짭짤한 맛이 더해지면 입안에 감칠맛이 훅 돈다. 반찬 없이도 한 숟갈 두 숟갈 술술 넘어가는 걸 보면 분명 치트키가 맞다. 만드는 방법은 간단하다. 식용유 조금에 다진 청양고추를 볶다가 숨이 죽으면 간장과 다진 마늘을 조금 넣어준다. 매운 향이 집 안을 가득 채울 때까지 볶아주면, 딱 맛있는 다대기 완성. 다대기의 매운맛은 느끼한 음식과 붙으면 최고의 궁합을 자랑한다.

점심 때 불 앞에서 조리할 열정까지는 없지만 에어프라이어 정도는 잘 쓴다. 에어프라이어에 만두를 넣고 180도에 15분간 노릇노릇 굽기. 군만두를 꺼내 그 위에 다대기를 살짝 올려준다. 다대기와 만두 한입이 조화롭게 들어오도록 만두를 조심조심 베어 문다. 약간 느끼한 고기와 매운 청양고추가 어울려 담백한 맛이 딱 좋다. 냉동만두 자체는 심심하고 초라해 보일 수 있지만 다대기가 더해지면 입맛 도는 꽉 찬 한 끼가 된다.

심심한 맛과도 어울리지만 청양고추 다대기는 진한 맛을 더 선명하게 만드는 매력도 있다. 대구 유명 짬

뽕집에 다대기를 같이 주는 집이 있는데, 다대기를 맛본 사람이라면 이 조합은 절대 틀릴 수 없다는 걸 안다. 짬뽕은 그냥 먹어도 얼큰하지만, 청양고추 다대기 한 숟가락이 더해지면 얼큰한 국물 맛이 혀에 더 쨍하게 닿는다. 다대기를 넣지 않은 짬뽕 국물은 입안만 뜨겁게 데워준다면, 다대기 넣은 국물은 몸속부터 데워주는 느낌이랄까? 그래서 이 선명한 매움은 추어탕, 국밥 같은 국물 요리와도 잘 어울린다. 재료에서 우러나온 밀도 높은 국물을 온 감각으로 느끼게 해주는 알싸한 감칠맛. 조금 부담스러울 수 있는 진한 국물 맛을 다대기의 매콤함이 살짝 가볍게 만들어주는 것도 좋다.

예기치 않은 일로 화가 나는 날에도 냉장고에서 청양고추 다대기를 꺼낸다. 시원한 맥주 한 캔을 따고 좋아하는 안주인 냉동 김말이도 꺼내 데워준다. 김말이 위에 다대기를 듬뿍 올려 입에 넣으면, 간은 딱 맞으면서 얼굴은 빨갛게 달아오를 만큼 맵다. 뜨거움이 가시기 전에 차가운 맥주를 입안에 부어줘야 제맛. 시원한 맥주가 목구멍부터 타고 내려가면 고추의 매운맛도 오늘 하루의 매운맛도 함께 식혀주는 것만 같다. 청양고추의 매운맛은 화를 더 부추길 것 같지만 오히려 반대일 때가 많다. 콩나물국밥, 짬뽕에 다대기를 넣어 후루룩 먹고 몸이 벌게질 만큼 땀을 쭉 내고 나면 온 힘을 다한 듯 나른해진다. 먹는 일에 모든 기운을 썼기 때문에 먹기 전 마음 상하고 속상했던 일을 다시 생각할 에너지가 없어진다. 몸에 있던 화를 확 쏟아낸 느낌. 몸에 긴장이 풀리면 마음도 느슨해지는 걸까? 매운 걸 먹고 나면 '그럴 수도 있지.' 하는 여유가 생긴다.

혼자 먹는 일은 여전히 귀찮고 성가시지만, 매콤짭짤한 청양고추 다대기를 떠올리면 슬슬 입맛이 당긴다. 간장계란밥에 살짝 넣어 비벼 먹을까. 어제 먹다 남긴 치킨 위에 올려 먹을까. 치트키가 있으니 그나마 점심 식사를 챙긴다. 유일한 단점은 소진 속도가 엄청나게 빨라 부지런히 만들어야 한다는 것. 이번 주말에도 부엌에 매운 향이 가득할 것 같다.

청양고추 다대기 레시피

1 청양고추를 원하는 크기로 다진다.
(매운 걸 잘 못 먹는다면 풋고추랑 섞는 것을 추천한다.)

2 팬에 기름을 두르고 다진 고추가 흐물흐물해질 때까지 중약불에 볶는다.

3 다진 마늘을 넣고 좀 더 볶는다.
(고추 10개당 1티스푼 정도. 다진 마늘을 많이 넣으면 질척인다.)

4 마지막으로 진간장을 넣고 간을 맞추면 끝.
(진간장은 조금씩 넣어 밥이 생각날 정도로만 짭짤하게 간을 맞춰주면 된다.)

나를 채우는 맛,
밥국

쌀쌀한 환절기에만 느껴지는 쓸쓸함이 있다. 날이 그렇게 추운 것도 아닌데 살갗에 이불만 스쳐도 아리고 침대 밖으로 나가기도 힘들다. 기운도 없고 입맛도 없어 먹는 일도 귀찮다. 추운 계절로 바뀔 때면 왜 통과의례처럼 이런 무기력이 찾아오는 건지. 지금은 남편이 있지만 자취할 때는 혼자 이불 속에서 훌쩍이는 날도 있었다. 누군가 차려주는 밥상이 간절해지는 괜히 서러운 날이 지금도 꼭 하루씩은 찾아온다.

아무것도 하기 싫을 만큼 기력이 없는 추운 날이면 엄마가 해주던 '밥국'이 먹고 싶다. 보통 경상도에서는 '갱시기죽'이라 부르는데, 우리 집에서는 밥국이라고 부른다. '국밥'이라 하기엔 국물이 걸쭉하고 그렇다고 '죽'이라 하기엔 여러 가지 건더기가 들어가니 '밥국'이 딱 맞는 것 같다. 언뜻 보면 꿀꿀이죽 같은 밥국은 찬밥에 멸치육수를 붓고, 김치, 감자, 콩나물을 넣고 죽처럼 끓인 한 그릇 음식이다. 설날이 가까우면 떡국 떡도 넣는다. 사실 꿀꿀이죽이랑 크게 다를 것 없는, 남은 재료를 넣어 만든 보릿고개 음식이다. 어릴 때 몸살 기운이 돌아 거실에 이불 덮고 누워 있으면 엄마가 밥국을 끓여줬다. 몸에 이불을 말고 TV를 보다 보면 풍겨오는 멸치육수 냄새. 비릿한 멸치육수 냄새가 지나면 곧 칼칼한 김치 냄새가 따라온다. "오늘은 아무것도 안 먹을래." 새침하게 굴다가도 밥국 냄새에 마음이 흔들린다. 밑바닥에 꺼져 있던 입맛이 슬슬 올라와 배가 고파진다.

"유정아, 인나서 밥국 먹어라."

엄마가 부르면 몸을 일으켜 식탁에 앉는다. 김치와 찬밥이 어우러져 벌게진 밥국을 한 숟가락 뜨면 아삭한 콩나물이 따라 올라온다. 후후 불어 조심스럽게 밥알과 국물을 목구멍으로 넘기면 뜨끈함이 목을 타고 배로 들어가는 게 느껴진다. 배 속 구들장이 뜨거워지는 듯 아랫

배부터 열이 오르고 몸이 풀려 조금씩 기력이 올라온다.

밥국은 밥알과 감자, 그리고 콩나물이 입안에서 섞이는 그 식감이 좋다. 너무 푹 익지 않은 콩나물이 아삭하게 씹히면서도 김치 국물을 머금은 퍽퍽한 감자와 밥알이 동시에 느껴진다. 분명 남은 재료를 넣고 만든 음식인데, 재료 하나하나 이유가 있는 것 같은 조화로움이 있다. 꼬맹이일 때도 밥국 한 그릇에 땀을 쭉 내면 몸이 한결 가벼워지는 걸 느꼈다. 그냥 땀이 아니라 몸 안의 나쁜 독소를 뺀 것 같은 개운함을 초등학생 때쯤에 밥국으로 알았다. 그래서 지금도 으슬으슬 몸이 아파오면 엄마 밥국이 가장 먼저 생각난다. 누워 있으면 배가 따뜻해지던 거실 바닥 온도와 〈6시 내고향〉이 켜져 있던 TV, 그리고 비릿한 멸치국물 냄새와 함께.

서울에 올라온 뒤 밥국은 아플 때도 생각나지만, 문득문득 외로울 때도 그리워진다. 취업 후 서울에 올라온 지도 어느덧 10년인데, 여전히 서울이 내가 사는 곳이 아닌 것 같은 순간이 아직도 있다. 늦은 밤 택시를 타고 집에 가는 길, 한강 다리 불빛을 보며 생각했다. '내가 어쩌다 여기에 있지? 여기 있는 게 맞을까?' 별천지 같다며 좋아서 온 서울인데 순식간에 모든 게 낯설게 느껴지고, 넓고 넓은 서울 바닥에 이방인이 된 것 같은 이상한 외로움이 느껴질 때면 며칠 동안은 괜히 기분이 가라앉는다. 그럴 땐 집에서 밥국을 끓인다. 1인용 작은 냄비에 멸치육수를 붓고 찬밥을 넣고 신 김치를 가위로 잘게 잘라 위에 올린다. 냉장고에 남은 콩나물도 넣고, 감자도 하나 대충 썰어 넣는다. 감자가 푹 익을 만큼 바글바글 끓으면 밥국 완성. 밥국은 꼭 할머니에게 물려받은 노란 유기그릇에 옮겨 먹어야 맛있다. 끝까지 식지 않도록.

"아, 시원하다. 이 맛이지."

김치 건더기를 씹으며 얼큰하게 한 그릇을 먹고 나면 한결 기분이 나아진다. 나에게 밥국은 배만 채우는 게 아닌 '내가 누구인지 알게 해주는' 나를 채워주는 음식이다. 어릴 적 먹고 자란 음식은 대부분 엄마가 해준 음식이라 그럴까? 고향 음식에는 이상하게 편안한 안도감이 있다. 든든하게 먹고 나면 붕 떠 있던 두 다리가 땅 위에 온전히 닿는다. 따뜻한 위로를 받는 것도 같다. 어린 시절 먹은 음식으로 우리는 평생을 살아낸다. 날이 쌀쌀하니 밥국을 끓여 먹어야지. 냉동실을 뒤지면 엄마에게 받은 떡국 떡이 있을 거다. 떡도 넣어 더 든든하게 차려 먹고 힘내야겠다.

밥국 레시피

1. 멸치육수를 500~600ml 정도 만든다. (172쪽 '잠든 사이 육수' 참고.)

2. 육수에 찬밥, 김치, 콩나물, 떡, 감자를 원하는 만큼 넣는다.

3. 대파 1대, 청양고추 1~2개를 잘라 넣는다.

4. 국간장을 넣어 간을 맞추고 끓인다.

5. 죽처럼 걸쭉해지면 완성!

반가운 봄 손님,
봄나물

"유정 님, 오른쪽 아래에 있는 나물 꼭 사세요. 요맘 때 정말 맛있어요!"

우리 아파트에는 일주일에 한 번 장이 열리는데, 아침 장터 사진을 공유하면 꼭 이런 메시지가 온다. "포항 초 요즘 제철이에요." "열무 싱싱해 보여요. 사세요!" 직접 장을 보는 나도 미처 보지 못한 걸 함께 봐주는 사람들. 처음에는 푸릇푸릇 생기 넘치는 장터 풍경을 전하고 싶어 사진을 올렸는데 지금은 온기 가득한 메시지를 보고 싶어 사진을 올린다. 알려주는 것이 은근 수고스러운 일일 텐데 좋은 건 함께 나누려는 마음들이 참 감사하다. 이런 분들에게 느껴지는 건강함도 좋다. 제철을 제대로

보내는 법을 아는 사람은 몸과 마음이 튼튼해서 곁에 있는 사람들에게까지 좋은 기운을 전해준다.

한창 향긋한 봄나물이 나오던 어느 날, 장터 사진에 평소보다 메시지가 훨씬 많이 온 적이 있다. 사람들의 마음을 자극한 주인공은 사진 속 '풋마늘'. 아침 일찍 일어나 장에 나온 내 모습이 뿌듯해 사진을 올렸을 뿐인데, 메시지에는 부지런한 내가 아닌 온통 풋마늘 이야기뿐이었다.

"중간에 풋마늘 그거 꼭 사세요!"

"할머니가 데쳐서 무쳐주시던 건데 제 소울 푸드입니다."

"풋마늘은 지금 아니면 진짜 못 먹어요!"

대파도 아니고 마늘도 아닌 것이 태어나 처음 보는 채소였다. 풋마늘은 덜 여문 마늘의 어린 잎줄기를 말한다. 생긴 건 짧고 통통한 대파 같지만 마늘 냄새가 나는데 딱 3~4월에만 만날 수 있는 봄나물이다. 처음에는 생경한 재료라 쉽게 손이 가지 않았다. 맛도 가늠할 수 없고 어떻게 먹을지도 모르겠어서. 하지만 고민할 틈 없이 계속해서 메시지가 왔다. '도대체 무슨 맛이기에 이러시지?' 다음 날 바로 생협에서 풋마늘을 사 왔다.

　　사람들이 가장 많이 추천한 레시피는 장아찌였다. 그다음으로 많이 알려준 방법은 데쳐서 초장에 찍어 먹는 것. 장아찌를 하기에는 간장이 부족했고 데치기는 좀 귀찮아 다른 레시피를 찾아보니 손질만 해서 고추장에 무쳐 먹는 방법이 있었다. 풋마늘을 깨끗하게 씻어 뿌리를 자르고, 먹기 좋게 반으로 갈라 5cm 길이로 잘라준다. 자른 풋마늘을 큰 볼에 넣고 고추장, 진간장, 고춧가루, 매실액 등을 넣어 섞는다. 마지막으로 참기름 향을 더해주면 완성되는 간단한 무침이다. 만들기 쉬워 별 기대 없이 빨간 양념 묻은 풋마늘을 한입 넣었는데, 먹는 순간 탄성이 터졌다.

　　"와, 이거 대박이네!"

　　여기저기 알리고 싶을 정도로 맛있었고, 파무침과 비슷해 보이지만 분명 또 다른 맛이었다. 풋마늘은 대파보다는 좀 더 쨍하게 맵지만, 마늘보다는 순하게 알싸했다. 자극적이지 않지만, 입맛을 돋우게 하는 깨끗한 매운맛이랄까? 이파리를 씹으면 대파 같은 향긋함이 입안

을 채우고, 대를 씹으면 톡 쏘는 듯한 매운맛이 몸 안의 생기를 깨워주는 것 같다. 냉이, 달래 같은 봄나물은 은은하고 여유롭게 입맛을 돋게 한다면, 풋마늘은 '입맛아, 얼른 일어나!' 하는 듯 발랄하게 오감을 자극하는 느낌. 갓 지은 밥에 올려 먹어도 맛있고, 살짝 기름진 음식과도 조화로운 봄날의 매운맛이다.

그날 이후 3월 내내 부지런히 풋마늘을 먹었다. 떨어지면 바로 또 무쳐놓고, 친정에 가서도 엄마와 오빠네를 위해 만들어주기도 했다. 4월 중순이 지나니 장터에서 점점 보이지 않았고 있어도 시들시들한 것이 많았다. 지금 아니면 못 먹는다는 사람들의 말은 진짜였다. 풋마늘이 사라진 매대를 보며 이때를 놓치면 1년을 기다려야 하는 이 귀한 맛을 알려준 마음들이 생각나 따뜻하게 4월을 마무리했다.

"유정 님, 이번에는 세발나물 먹어보세요!"

입안에서 풋마늘 향이 아직 다 가시지도 않았을 때쯤 내가 올린 장터 사진에 이번에는 '세발나물' 이야기가 쏟아졌다. 세발나물은 갯벌에서 염분을 먹고 자라 갯

나물이라고도 하는데 주로 봄에 먹는다. 사람들이 사진에서 찾아주지 않았다면 절대 사지 않았을 것 같다. 우선 생김새가 독특했다. 보통 나물과는 다르게 잎이 얇고 길쭉하고 둥근 모양. 언뜻 보면 엉클어진 쪽파 같기도 하고, 자세히 보면 해초 같기도 하다. 새로운 음식은 우선 피하고 보는 입 짧은 나는 절대 알아서 찾아 먹어보지는 않았을 것 같은 모양이다.

풋마늘과 마찬가지로 세발나물도 많이 추천받았지만, 풋마늘 때와는 달리 모두 다른 레시피를 말해주셨다. "데쳐서 드세요." "꼭 생으로 드세요." "전 부쳐 먹어야 맛있어요." "겉절이 해 먹으면 맛있어요." "샐러드로 제격이에요." 사람마다 다양한 방법으로 활용하고 있었다. 세발나물을 먹어본 뒤, 그 이유를 알게 되었다. 처음엔 간단하게 소금과 참기름만 넣어 무쳐 먹었다. 미나리, 풋마늘, 쑥은 '향'으로 먹는 봄나물이라면 세발나물은 '소리'로 먹는 봄나물이다. 둥글고 가는 잎을 씹으면 오독오독 소리가 머릿속에 울리는데, 이 소리 때문에 더 맛있어서 계속 주워 먹었다. 오독오독. 매서운 겨울 해풍을 맞으면서 자란 나물이라 그럴까? 보기에는 가느다랗고 연

약한 식물인데 씹으면 힘줄 같은 단단함이 느껴진다. 염분을 먹고 자라 은은한 짠맛이 있어서 그냥 씻어만 먹어도 간이 꽤 맞다. 특별한 향은 없어서 어느 양념에도 어울리는 순한 나물. 세발나물은 엄마 아빠 세대에 고생하며 자란 조용한 맏이 같다. 겉은 유순해 보여도 속은 산전수전 겪으며 다져온 단단함이 있고, 새로운 환경에서도 마치 예전부터 거기에 있었던 듯 잘 녹아드는 맏이 느낌. 어떤 요리법에도 잘 어울리는 세발나물을 맛보니 그런 맏이가 생각나 짠맛이 더 진하게 혀에 닿았다.

올봄은 장터 사진 덕분에 풋마늘과 세발나물을 원 없이 먹으며 보냈다. 딱 두 가지 나물을 더 접했을 뿐인데 다른 봄보다 한 달 한 달 꽉 채워 보낸 기분이다. 즐길 제철 음식이 하나 더 생겼다는 건 단순히 먹을 게 하나 더 늘었다는 의미가 아니다. 앞으로의 1년을 더 열심히, 더 기대하며 살 이유가 하나 더 늘었다는 뜻이다. 맛있게 매운 풋마늘의 향과 오독오독한 세발나물의 식감을 떠올리면 후회 없이 1년을 보내고 싶어진다. 땀 흘린 뒤 먹는 새참이 꿀맛이듯 1년을 정성스럽게 살고 맛보는 나물

맛은 더 좋을 거니까.

　내일은 아파트에 장이 서는 날. 아침 일찍 나가 또 사진 찍어 올려야지. 내일은 어떤 새로운 맛을 만나게 될까? 다정한 사람들의 다정한 메시지가 기다려진다.

풋마늘무침과 세발나물 비빔밥 레시피

풋마늘무침

---

1 풋마늘을 길게 반으로 가르고, 약 5cm 길이로 자른다.

2 고추장 1스푼, 진간장 2스푼, 고춧가루 1스푼, 식초 2스푼, 매실액 3스푼, 설탕 조금, 참기름 1스푼, 통깨를 조금 섞어 양념장을 만든다.

3 잘라둔 풋마늘에 양념장을 넣고 무친다.

세발나물 비빔밥

---

1 세발나물을 씻어 가위로 여러 번 자른다.

2 간을 보면서 소금과 참기름을 조금씩 넣어 무친다.

3 밥에 올려 고추장을 조금 더해 비벼 먹는다.

사는 일을 풍류로 이어준 살림

아침에 일어나 부엌으로 간다. 밤새 과탄산소다를 넣은 물에 담가 뽀얗게 변한 행주 한 장을 헹구고, 보리차를 만들기 위해 물을 끓인다. 하루 동안 마시는 물은 1.5~2L 정도. 물이 끓으려면 시간이 좀 걸리니, 이때가 현관 청소하기 딱 좋은 시간이다. 신발장 앞에 걸려 있는 작은 싸리 빗자루와 양철 쓰레받기를 꺼낸다. 신발은 모두 한쪽으로 밀어놓고 크고 작은 먼지를 모은다. 사악사악. 가라앉은 새벽 공기처럼 차분한 빗자루 소리. 청소를 끝내고 다시 부엌으로 가 보글보글 끓는 물에 보리를 넣는다. 구수한 보리차 향이 점점 집 안을 채울 때쯤 창문을 열어 환기를 한다. 선선한 공기를 느끼며 따뜻한 보리차 한 잔을 마신다. 조금씩 배가 따뜻해지면 드디어 하루를 시작할 준비가 끝난다.

"사는 일이 풍류로 이어져야 한다." 법정 스님의 책에서 발견한 문장이 마음에 또렷하게 들어온 날이 있었다. 풍류의 뜻은 멋과 운치가 있는 일이나 그렇게 즐기는 행위다. 사는 일이 풍류로 이어진다는 건 단순히 먹고 일하고 숨 쉬기 위해 사는 게 아니라, 사는 일 자체가 멋과 운치여야 한다는 것. 살아가는 대로 사는 게 아니라 사는 일을 즐겨보려 노력해야 한다는 뜻이다. 그렇다고 스님에게 거창한 멋이 있는 건 아니다. 아침에 일어나 마시는 깨끗한 생수 한 잔. 성당에서 산 CD를 틀어 파이프 오르간 소리 듣기. 사는 일이 풍류로 이어져야 한다는 문장 뒤에는 이런 소소한 순간들이 담겨 있다.

먹고 일하고 쉬는 단순한 반복만 하던 나의 건조한 일상을 풍류로 바꿔준 건 '살림'이었다. 예전에는 목이 마르면 정수기 냉수 버튼을 눌렀지만 지금은 보리차, 옥수수차, 현미차를 꺼내 하나하나 향을 맡으며 고른다. 예전에는 대충 가격과 상태만 보고 채소를 샀지만 지금은 유기농인지 살펴보고 신선한 채소 고르는 팁도 찾아보며 흥미로운 미션을 수행하듯 신중하다. 전에는 새 비닐을 툭 꺼내 쓰레기통을 만들었다면, 지금은

신문지의 사각사각한 촉감을 즐기며 쓰레기통을 만든다. 착착
착 접어 작은 신문지 쓰레기통을 만들어 화장실에 두면 그 풍
경이 귀여워 마음이 간질간질하다. 예전에는 햇반을 자주 사
먹었지만 지금은 누룽지를 만들어 먹는다. 잘 구워진 바삭한
누룽지가 저절로 팬에서 떠오르는 걸 보면 얼마나 기분이 좋
은지. 마치 대단한 수확을 한 듯 뿌듯해하며 누룽지를 떼어내
통에 담는다.

　　한집안을 이루어 살아가는 일, 살림. 사는 일은 여전히
쉽지 않지만 나는 내 살림에 다정해지면서 조금은 즐겁고 가
벼워졌다. 특별한 경우가 아니라면 집에서 보내는 시간이 꽤
많다. 살림의 재미를 알기 전까지 집은 다른 기쁨을 위해 잠시
머무르는 곳이었다면, 살림을 알고 나서는 집이라는 공간 자
체가 즐거워졌다. 가장 많은 시간을 보내는 집에서 누릴 것이
많아지니 그제야 온전히 쉬는 기분이 들었다. 웬만큼 힘든 일
도 집에 들어오는 순간 극복할 수 있을 것 같은 자신감이 생겼
달까. 어렴풋이나마 사는 일의 풍류를 알게 된 계기에는 살림
이 있었다.

　　사실 이 책에는 전에 없던 완전하게 새로운 살림 팁들이
있는 건 아니다. 그저 조금 더 무해하게 살고 싶어 여기저기서

하나씩 지혜를 모으다 보니 지금과 같은 하루가 됐고, 이렇게 책으로 엮을 수 있게 되었다. 누군가의 슬기로운 생각 덕분에 내 일상에 꽤 운치 있는 멋이 생긴 것처럼, 이 책을 읽는 누군가도 꼭 같은 경험을 해보면 좋겠다. 모든 정보가 마음에 들지 않아도 좋으니 딱 하나만이라도 얻어 갈 수 있길. '인스턴트 대신 간단한 제철 음식을 만들어봤다.' '평소 먹는 물에 레몬 한 조각 띄우니 조금은 색달랐다.' 딱 이 정도 경험만 해봐도 바랄 게 없겠다.

나 또한 여전히 쓰레기를 적지 않게 만들고, 배달 음식도 먹기 때문에 자신 있게 '건강' '무해'를 이야기하기엔 모순이 많다. 그래도 아무것도 하지 않는 것보다는 작게라도 꾸준히 무언가를 해내는 사람이고 싶다. 지금은 별거 아닌 것 같아도 이 작은 노력이 쌓여 내 몸과 주변에 좋은 변화를 가져다줄 거라 믿으니까. 작지만 뭐라도 해보려는 사람들이 가진 '사부작의 힘'을 믿는다. 이 책이 좀 더 일상에 다정해지고 자신을 돌보는 데 도움이 되길 바란다. 각자의 삶을 돌보다 어느 날 한자리에 모여 이야기 나누고 싶다. 결이 비슷한 사람끼리 모여 살림 수다를 늘어놓는 날. 그날을 기대하며 삶의 풍류를 차곡차곡 모아놔야지.

소소하지만 매일 합니다

1판 1쇄 찍음 2022년 11월 23일
1판 1쇄 펴냄 2022년 11월 30일

지은이 허유정

편집 정예슬 김지향 김수연
교정교열 안강휘
디자인 스튜디오 피포엘 한은혜
미술 김낙훈 한나은 이민지 이미화
마케팅 정대용 허진호 김채훈 홍수현 이지원 이지혜 이호정
저작권 남유선 김다정 송지영
홍보 이시윤 윤영우
제작 임지헌 김한수 임수아 권혁진
관리 박경희 김도희 김지현

펴낸이 박상준
펴낸곳 세미콜론
출판등록 1997. 3. 24. (제16-1444호)
06027 서울특별시 강남구 도산대로1길 62
대표전화 515-2000
팩시밀리 515-2007
편집부 517-4263
팩시밀리 515-2329

ISBN 979-11-92107-75-2 03810

세미콜론은 민음사 출판그룹의
만화·예술·라이프스타일 브랜드입니다.
www.semicolon.co.kr

트위터 semicolon_books
인스타그램 semicolon.books
페이스북 SemicolonBooks
유튜브 세미콜론TV